L'Enfant du miroir

© Editions Rivages, 1987
5-7, rue Paul-Louis Courier - 75007 Paris
10, rue Fortia - 13001 Marseille
ISBN : 2-86930-056-5

Françoise DOLTO
Juan David NASIO

L'Enfant
du miroir

Rivages/Psychanalyse

Sommaire

L'Enfant du miroir 9

Le Travail psychothérapeutique 79

L'Enfant du miroir

Le 25 janvier 1985, J.-D. Nasio a invité, dans le cadre de son séminaire et devant une audience très nombreuse, Françoise Dolto, à parler de son livre *L'Image inconsciente du corps,* Seuil, Paris, 1984.

J.-D. Nasio : Ce soir j'ai l'honneur et surtout le plaisir d'accueillir Françoise Dolto dans notre séminaire. Nous connaissons tous ses nombreuses publications et nous entendons constamment l'écho de ses conférences et de ses multiples interventions dans différents secteurs de la santé mentale. Nous la savons toujours infatigable. Avec cet élan d'enthousiasme qui la caractérise, elle réussit non seulement à faire état de son expérience, mais surtout à transmettre une manière, un style d'être analyste et une éthique dans sa façon d'écouter l'enfant. Sa renommée de clinicienne exceptionnelle n'est plus à prouver. Mais nous savons aussi combien les contrecoups de la renommée vous figent insidieusement à une place et vous marquent d'un trait définitif tant que l'opposé ne sera pas démontré. Précisément, la renommée de F. Dolto privilégie à tort son intuition de clinicienne de génie aux dépens d'une théorie apparemment moins importante. Or, voilà que le dernier livre paru de Mme Dolto est non seulement le livre d'une clinicienne, mais surtout celui d'un auteur qui pose des concepts, les articule, les taille, les relie et les illustre. Elle parle et écrit, non seulement de sa pratique et de l'éthique qui s'en dégage, elle fait aussi œuvre de compositeur ; elle compose une théorie, une théorie extrêmement aboutie et très solide dans sa cohérence. Mais il serait faux de croire qu'une telle élaboration soit récente ; au contraire, ce livre résume un long cheminement conceptuel qui se prolonge depuis plus de trente ans. Dans la lettre de remerciements pour l'envoi de son ouvrage, je lui disais tenir cet écrit comme le jalon le plus décisif de son œuvre et le texte théorique le plus avancé. Justement sa présence parmi nous répond à mon souhait amical de mettre à l'épreuve sa conception de l'image du corps, et de l'entendre nous en parler.

Je voudrais que ce soir, nous puissions interroger F. Dolto non pas du dehors, en la confrontant avec d'autres positions théoriques, mais du dedans, de l'intérieur même de son propre univers conceptuel. Je commencerai, si vous le voulez, par une première question très simple au sujet de l'expression « image du corps » : comment ce terme d'« image inconsciente du corps » s'est-il

L'ENFANT DU MIROIR

imposé à toi ? Quelle est l'origine de ce concept ?

F. Dolto : C'est tout à fait curieux. Ce terme résulte en fait d'un jeu de mots divisé en trois parties. Tu comprends, si nous réfléchissons à partir de quoi nous parlons communément, on constate que l'on parle à partir d'un minimum d'identités acquises pour tous. Or, ces identités sont ici constituantes du mot *image* : la première lettre « *I* » du terme « *I*dentité » ; le « *ma* », première syllabe du mot « *ma*man » que l'enfant prononce toujours précédé du « *ma* maman » et suivi du « *ma* maman m'aime » (homophonie avec l'adjectif indéfini « même » qui marque l'identité absolue). Et enfin le « *ge* », dernière syllabe du mot « *image* », qui signifie la terre, la base ou encore le corps, voire le « je », pronom personnel de la première personne du singulier. Voilà, *I-ma-ge,* c'est-à-dire substrat relationnel à l'autre. C'est comme ça que ce mot est né et que j'en avais fait état dans un séminaire de Lacan. Il m'est même arrivé de lui écrire en réponse à une lettre dans laquelle Lacan me demandait : « Mais pourquoi nommes-tu cette image *image inconsciente du corps ?* » Il faut bien comprendre qu'il s'agit d'une image qui disparaît avec l'image spéculaire. Avec l'image du miroir – l'image connue de soi dans le miroir – il n'y a presque plus d'image inconsciente du corps, excepté dans le rêve. Dans la réalité il n'y en a pas, mais par contre elle est très présente dans une affection psychosomatique ou encore omniprésente chez les psychotiques ou les malades comateux.

Au début de mon travail – vers les années 1939 – l'*I-ma-ge du corps* se révélait à moi grâce aux dessins ou modelages des enfants, des dessins compris comme des représentations en deux dimensions réalisés par le patient en trois dimensions. Quand un enfant dessine, c'est toujours son portrait qu'il dessine ; sans cela, il ne dessinerait pas. On ne dessine pas, on *se* dessine et l'on se voit électivement dans une des parties du dessin. Lorsque je cherchais l'identité dans l'image représentée, je demandais toujours à l'enfant : « Où es-tu dans le dessin ? Où tu serais si tu étais dans le dessin ? » A partir du moment où l'enfant se situe dans un lieu, il entre en échange avec un autre. C'est ça faire parler un dessin et non pas commenter son contenu, comme nous l'avons vu – lors d'une récente émission télévisée – où de supposés thérapeutes scrutaient un dessin d'enfant en essayant de deviner et faire des discours explicatifs. Non, on ne raconte pas un dessin, c'est l'enfant lui-même qui *se* raconte à travers le dessin. Un dessin c'est un fantasme extemporané dans une analyse ;

L'ENFANT DU MIROIR

c'est comme cela qu'il faut l'écouter. C'est alors qu'on y verra apparaître nettement la structure que Freud avait dégagée du moi et du surmoi. C'est ainsi, vois-tu, que l'image inconsciente du corps s'est élaborée pour moi.

J.-D. Nasio : Mais le sens lui-même du mot ? Pourquoi ce mot d'« image » ?

F. Dolto : Ce n'est pas une image au sens courant du mot.

J.-D. Nasio : Tu veux dire que ce n'est pas une image spéculaire ?

F. Dolto : Exactement, ce n'est pas une image spéculaire. C'est une image inconsciente et non pas spéculaire, elle est substrat relationnel du langage.

J.-D. Nasio : Et pourtant tu as tenu à appeler cela « image » ?

F. Dolto : Absolument.

J.-D. Nasio : C'est à cause des implications afférentes à l'identité ?

F. Dolto : Oui, c'est l'aspect identité, identification. Une image se lit dans une partie douloureuse du corps ; c'est là que je suis. L'endroit douloureux de quelqu'un, voilà où se situe le sujet qui défend l'articulation à son moi. La douleur fait partie de l'image du corps, comme lieu sensible où le sujet peut tenir son moi, ou même, son corps. Car pour nous le corps, c'est à la fois une partie inconsciente du moi et le lieu d'où le sujet peut dire : « moi ». On dit toujours : « moi, j'ai mal », mais on ne dira jamais – c'est curieux – « ça souffre dans mon corps ». Lorsqu'il s'agit de quelque chose d'actif, d'un sentiment agressif qui nous échappe, on dit : « c'est plus fort que moi de faire ceci, de faire cela ». Mais on ne dit jamais « c'est plus fort que moi d'avoir mal » ; au contraire on dit habituellement « j'ai mal *là* ». Ce « je », il faut l'entendre comme un « je » qui a mal à son « moi », à cet endroit-là de son corps. Ceci est très en rapport avec les images archaïques du corps, situées, comme je le dis, à la base du narcissisme. Je distingue trois narcissismes : le fondamental, le primaire, et le secondaire qui s'organisent suivant la figure d'un oignon composé de pelures recouvertes les unes les autres. Mais il peut arriver dans le passé, à l'occasion d'une expérience archaïque du corps qu'il se produise une sorte de malfaçon du narcissisme primaire. Par exemple, une identité sexuelle mal acquise chez beaucoup d'enfants qui portent des prénoms ambigus par rapport au sexe ou des surnoms empruntés aux animaux, génèrent un narcissisme fragile et fragilisant pour la constitution d'une saine image inconsciente du corps. Il existe aussi des troubles plus primitifs au niveau du narcissisme fondamental. Si le narcissisme fondamental est mal amarré au corps, c'est-à-dire si l'image de base par où le sujet s'accroche à son moi reste fragile, alors surgit la menace propre à l'état phobique. L'état phobique consiste à surveiller tout le temps la maintenance de l'image de base existentielle. « Ça va éclater » ou « ça va disparaître » sont les formes à travers lesquelles la menace se manifeste. J'ai décrit dans mon livre le cas de Gilles, cet enfant qui avait peur de tous les angles : des angles saillants, des angles de murs, des angles de meubles, etc. Après deux ans de traitement, lors d'une séance qui devait être la dernière, il s'est révélé combien les mots « Anglais » ou « Angleterre » étaient les signifiants du danger que constituaient pour lui les angles meurtriers qui l'angoissaient. Avec cette révélation de la dernière séance, l'angoisse avait complètement disparu, ou pour mieux dire, il m'avait laissé son angoisse.

J.-D. Nasio : Justement, je voulais t'interroger sur la place si importante que tu accordes dans le livre à l'état phobique.

L'ENFANT DU MIROIR

F. Dolto : En effet, c'est très important ; la phobie c'est la menace de dissociation qui pèse sur l'image de base du corps.

J.-D. Nasio : La menace de la dissociation de l'image avec le schéma corporel ?

F. Dolto : Oui, de la dissociation de l'image du corps et du schéma corporel, entités qui normalement se croisent et contituent le narcissisme fondamental.

J.-D. Nasio : Tu sembles penser que l'état phobique c'est l'état de menace sur une image du corps au moment où elle est le seul refuge devant la détresse. Comme si le plus substantiel du sujet, l'image du corps la plus archaïque pouvait se désolidariser du sujet. Quand tu laisses entendre une telle affirmation, on serait tenté de rapprocher au plus près la phobie et la psychose...

F. Dolto : Je crois que ce que nous appelons psychose, c'est très souvent de la phobie. Nous appelons psychose un ensemble de processus de défense pour essayer de ne pas souffrir du péril grave que signifierait la perte du lien entre l'I-ma-ge (« *ici-moi-je* ») et mon corps. Au début de la vie, au plus près du lieu de réunion des pulsions de vie, aux sources de la vie dans l'espace du corps, il y a le danger de dissociation. Je crois que c'est ce danger qui est à l'origine des dits « psychotiques », que nous devrions considérer en réalité comme des gens en prise avec une phobie qui envahit tout contact avec autrui.

J.-D. Nasio : Ta vision du psychotique, dans son originalité, doit orienter singulièrement ton écoute ?

F. Dolto : Absolument ; quand certains considèrent tel ou tel patient « psychotique », ils décident du coup de ne pas le prendre en traitement. On met une étiquette ; désormais, la peur et le sentiment que le traitement ne servira à rien conduisent à abandonner toute tentative d'écoute de ces enfants. Je crois que c'est en fait une résistance du thérapeute qui n'a pas touché en lui-même le noyau psychotique et qui n'a pas compris que le psychotique est quelqu'un qui se défend et défend son image de base.

J.-D. Nasio : Si l'on voulait faire un panorama des différentes théories, celles de Dolto, de Mélanie Klein et de Lacan, on dirait : pour Lacan, la névrose et en particulier la phobie sont essentiellement des processus ayant pour condition une trame signifiante bien consistante, et nettement différents des processus psychotiques dont l'origine forclusive a bouleversé le tissu signifiant en créant une consistance radicalement distincte de la consistance névrotique. Pour Mélanie Klein, au contraire, la structuration phobique s'enracine et dérive de mécanismes primitifs schizo-paranoïdes. Tandis que Lacan conçoit la phobie parfaitement séparée de la psychose, M. Klein en revanche, en fait une superstructure dérivée. Or, pour toi, à la différence de ces auteurs, la phobie serait, dans certains cas, le noyau même de la psychose ?

F. Dolto : Oui, en effet. Prenons l'exemple de la mélancolie. Etre mélancolique c'est une tentative extrême de se défendre de la phobie en la rejetant hystériquement sur l'autre, c'est-à-dire en essayant de contaminer l'autre avec une pulsion de mort meurtrière. Je distingue les pulsions de mort au sens strict – pulsions avec lesquelles je travaille beaucoup car pour moi les pulsions de mort sont la santé, la vie végétative et apaisante – ; et les pulsions de mort meurtrières. Précisément, la mélancolie ce sont les pulsions de meurtre retournées à l'encontre de l'autre en lui imposant un sentiment de pitié contre lequel il lui sera très difficile de résister. En dernière instance, si tu veux, la mélancolie est une hystérie précocissime. Mais je n'y crois pas.

L'ENFANT DU MIROIR

J.-D. Nasio : A quoi tu ne crois pas ?

F. Dolto : A la mélancolie, c'est-à-dire que lorsque quelqu'un est mélancolique, je me dis : c'est encore une manière de jouir.

J.-D. Nasio : Comme quoi la nosologie est en fonction de celui qui fait le diagnostic.

F. Dolto : Effectivement, en psychanalyse le transfert détermine la façon dont nous comprenons la souffrance de l'autre. Or, si le mélancolique n'est pas un être sans souffrance, nous savons aussi qu'il est un être de plaisir et de recherche de plaisir. Dans son impuissance à trouver le plaisir, il introduit un certain type de variation en essayant de créer du déplaisir chez l'autre. Bien entendu, il peut exister plusieurs sortes de variations aussi bien chez le mélancolique que chez le névrosé, car la variation reflète finalement l'émoi de la vie.

J.-D. Nasio : Mais qu'est-ce que la variation ? A la fin du livre, rappelez-vous, il y a des pages très belles où Françoise Dolto parlant de son désir, définit le mieux à mon avis, cette idée de variation. En voici un exemple, page 323 : « Mon travail de psychanalyste était de le questionner là où je me sentais questionnée par son comportement, et où par lui surtout, je me sentais au fur et à mesure questionnée dans la relation qu'il avait avec moi. » C'est cette phrase qui m'a rappelé l'idée de variation dans son acception plutôt musicale. Car la conclusion qu'on tire à la lecture de ces pages, c'est que finalement le travail analytique avec l'enfant consiste en une mutuelle confrontation non seulement des places mais aussi des vitesses, des rythmes et fondamentalement des images du corps. C'est-à-dire que l'analyste opère en faisant caramboler et entremêler ses propres images du corps avec les images du corps de l'enfant. Lorsque tu considères le travail du psychanalyste comme un décodage de l'image du corps, tu montres bien que décoder un rêve par exemple n'est pas le lire au sens de l'interpréter, mais de parler inconsciemment à travers ton image du corps, le même code que le code implicite dans l'image du corps de l'enfant. Rappelle-toi le cas de cette petite fille impuissante à saisir avec sa main les objets qu'on lui présentait ; cas que nous pourrions appeler « la petite fille à la bouche de main ».

F. Dolto : Ah oui, c'était une fille qui ne savait plus qu'elle avait des mains, ni que les mains étaient des orifices oraux et anaux. Rappelez-vous qu'au stade oral l'enfant déplace l'oral partout et ce sont précisément les mains qui comme une bouche savent prendre, lâcher et parler. C'est pour cette raison qu'en lui tendant la pâte à modeler pour qu'elle la saisisse, je lui ai dit : « Tu peux la prendre *avec ta bouche de main.* » Elle a bien réagi en la prenant précisément avec sa main et en la portant à sa bouche. Tu imagines combien cela aurait été différent si je l'avais invitée à prendre l'objet en lui formulant : « Prends la pâte à modeler dans ta main », ou « Fais quelque chose avec du modelage ». Ces mots seraient restés vides de sens et n'auraient provoqué aucun effet. Tandis qu'à travers la phrase « prends avec ta bouche de main », je lui ai mis une bouche dans sa main, comme si ma parole était un raccord entre sa bouche et sa main.

J.-D. Nasio : Tu nous donnes là un excellent exemple de l'intrication des zones érogènes.

F. Dolto : Parfaitement. Le rapport du schéma corporel et de l'image du corps est constitué par une foule d'intrications pulsionnelles.

J.-D. Nasio : En ce sens, si nous reprenons le concept d'objet transitionnel comme tu le définis en tant qu'objet-relais circulant et reliant les divers lieux de pulsion, pourrait-on dire alors que ta phrase adressée à la petite fille, « Prends avec ta bouche de main » constitue elle-même une sorte d'objet transitionnel,

L'ENFANT DU MIROIR

	puisqu'il s'agit d'un énoncé qui connecte le lieu bouche avec le lieu main ?
F. Dolto	: Oui. Les mots du vocabulaire sont un très bon exemple d'un objet transitionnel que l'enfant acquiert pour ne plus s'en séparer. C'est grâce à son vocabulaire en effet, qu'il entre dans la culture, sera compris par d'autres et aura constamment une image inconsciente du corps spatio-temporalisée dans la relation à la mère. L'*I-ma-ge*, c'est ça.
J.-D. Nasio	: Tout à l'heure nous comprenions le décodage de l'image du corps non pas comme une intervention explicative à l'enfant, mais comme une parole introduite dans le code de l'image inconsciente du corps de l'enfant. Cette phrase « Prends avec ta bouche de main » avec laquelle tu entrais dans le code inconscient de l'image du corps de la petite fille, n'était-elle pas une variante d'objet transitionnel ? Peut-on dire que l'énoncé de l'analyste est un exemple d'objet transitionnel ?
F. Dolto	: Certes, en lui disant « Tu peux prendre avec ta bouche de main », je lui ai procuré la médiation fantasmée de la bouche, comme si en lui réveillant la bouche elle pouvait faire usage du bras. Elle ne savait plus déglutir comme un enfant sain. Je me rappelle qu'elle mettait l'aliment dans sa bouche en le

faisant disparaître à la manière dont les serpents ingèrent un objet sans faire les mouvements inhérents à la déglutition. C'est un phénomène qu'on observe très fréquemment chez les enfants anorexiques. Ecouter ces enfants signifie leur parler au niveau des images du corps comme s'ils étaient aussi intelligents que moi. Il est absolument inutile de leur dire : « Tu ne veux pas avaler » ; au contraire, il faut parler à l'image du corps en leur disant : « Tu refuses d'avaler parce que ça s'arrête à l'endroit de ton pharynx. » C'est comme ça que je parle aux bébés ; je communique au niveau de leurs images du corps. Les collègues qui ont assisté à ma consultation de l'hôpital Trousseau ont eu l'occasion de voir comment je m'adresse à ces enfants qui ont la bouche bouchée à cause de la position de la langue renversée en arrière, plaquée au palais. Ce n'est pas la peine de parler à ces enfants puisqu'ils ne peuvent pas entendre, car je pense toujours que la langue en position rétroversée montre que les oreilles sont aussi retournées vers l'intérieur. Donc il n'est pas question de parler à ces enfants, il faut entrer en contact avec eux. Par exemple au moment où il met sa langue en rétroversion, on lui dit son identité, *(I-ma-ge)*, et c'est là que le traitement commence. La langue en position en « U » signifie le refus de la relation orale, mais signifie aussi une attente du sujet d'entrer en contact avec autrui. Si vous observez bien, tous les bébés mettent la langue en « U » quand ils désirent qu'on leur parle. Je crois même que lorsqu'ils n'ont pas la langue en « U », ils sont – sans le savoir – en train de nous dire « non ». Dans ce cas, ce n'est pas la peine de les embêter en les couvrant de vaines paroles. En revanche, lorsqu'un enfant anorexique retourne sa langue, la parole juste est de lui dire son identité, son sexe, son image du corps. Alors là, on a une chance de construire quelque chose à partir de quoi il peut vivre. En intervenant ainsi, vous lui donnez une identité qu'il n'a pu recevoir de la personne qui le nourrissait, une identité qui porte la vie et qui soutient le désir. Vous savez que la mort subite des nourrissons survient très souvent lorsqu'ils avalent leur langue, comme si la souffrance ou la solitude les poussait à vouloir retourner à la vie fœtale. Dans ce retour de la langue, équivalent à un retour à la vie fœtale, les nourrissons semblent aller à la recherche de l'image du corps car c'est bien dans l'utérus que l'*I-ma-ge* commence vraiment. Les enfants très précocement atteints, retournent à la vie fœtale pour retrouver une image du corps – tout aussi fœtale – dans laquelle la mère ou la personne qui s'occupe d'eux devient un placenta.

L'ENFANT DU MIROIR

J.-D. Nasio : A ce propos, tu avances dans ton livre que l'image du corps la plus archaïque est l'image respiratoire. Pourquoi justement l'image respiratoire ?

F. Dolto : Parce que l'image respiratoire est un véritable cordon ombilical qui fait office de communication oxygénante. L'image respiratoire est la plus archaïque parce que l'air que nous respirons c'est notre placenta commun à tous. Une fois l'enfant né, il remplace sa vie fœtale et les ramifications vasculaires du placenta par la respiration et l'arbre broncho-pulmonaire localisé non seulement dans le thorax, mais étendu dans l'atmosphère jusqu'à devenir le même air que nous respirons tous. L'image respiratoire, c'est l'image du corps la plus profonde et une des expressions les plus pures des pulsions de mort. Dans le sommeil profond règnent les pulsions de mort entendues comme la mise entre parenthèses du désir. Lorsque je m'assoupis, je mets entre parenthèses mon corps ; pendant le sommeil, tandis que mon corps fait ce qu'il veut, moi, de mon côté, je ne veux plus rien savoir du désir ni de désirer à travers le corps ; je repose ma relation à moi. Eh bien, dans la profondeur de l'endormissement, l'image respiratoire domine et devient ce qu'elle a à être, à condition qu'elle ne soit pas gênée par le désir.

L'ENFANT DU MIROIR

J.-D. Nasio : C'est cela la vie végétative ?

F. Dolto : C'est cela même. La respiration et la circulation cardio-vasculaire, c'est le lieu des images de base.

J.-D. Nasio : Donc le lieu des pulsions de mort ?

F. Dolto : Exactement. C'est le lieu où les pulsions de mort libèrent la pacification, c'est-à-dire le lieu du sommeil véritablement réparateur, végétatif, non troublé par le désir et dans lequel les pulsions de mort peuvent – sans danger – être pleinement acceptées par le sujet. Si nous admettons cette valeur accordée au sommeil, nous comprendrons alors qu'il est très important de laisser s'établir le silence lorsque nous avons des patients pris soudainement par l'endormissement. Si un patient s'endort, il faut savoir être complètement à lui, être complètement à son service pour pouvoir ressentir cette paix de la pulsion de mort. A travers le sommeil, l'analysant se greffe sur vous ; mieux encore, il fait un transfert placentaire sur vous. Je pense surtout aux épileptiques graves qui après avoir proféré une parole de manière explosive, tombent presque toujours dans le sommeil. Or, c'est un sommeil qu'il faut surtout respecter. Si au contraire c'est le psychanalyste qui s'endort, le sommeil appartient au patient et cela doit lui être dit. Il faut dire à l'analysant que vous vous êtes endormi : « Je me suis endormi, qu'est-ce que vous en pensez ? » Bien sûr, ils peuvent toujours répliquer : « C'est parce que je vous ennuie. » « Non, sinon je ne vous l'aurais pas dit. » De même si vous avez la chance de pouvoir vous laisser momentanément prendre par le sommeil en présence d'enfants schizophrènes, constamment sous le poids d'une menace phobique, alors vous verrez ces enfants revivre. Quand le psychanalyste est à l'état zéro, ils s'activent pendant la séance et deviennent un ; à l'inverse, si le thérapeute se réveille, ils cessent d'agir. Le mot le plus approprié serait de leur dire : « Tu vois, il faut que je dorme ; car lorsque tu me fais porter le sommeil en me donnant ce que tu crois être la mort – mais qui est la vraie vie – alors tu vis, tu prends le droit de vivre. » Décoder l'image du corps nécessite d'être d'accord avec l'autre, être vraiment au service de son patient avec tout ce qu'on est – éveillé ou endormi – pendant qu'il est là. Je ne suis pas en train de vous indiquer la règle générale de confier à vos analysants qu'ils vous endorment, puisque de nombreuses fois, l'assoupissement manifeste une résistance dans l'écoute ou tout simplement une fatigue ordinaire. Mais il est des sommeils qui ne sont nullement de défense, qui sont des sommeils d'accueil et d'ouverture aux pulsions de mort. C'est à ce moment-là, j'insiste, que les psychotiques se réveillent à la vie.

Si je m'intéresse à l'image du corps, que tout un chacun porte en lui, à chaque moment de son existence, réveillé, statique, fonctionnel ou endormi, c'est parce que les images implicites que les adultes dégagent en parlant, m'ont été données explicitement par les enfants, soit par leurs dessins, soit par leurs modelages. Ces images formelles et explicites ont été si précieuses qu'elles m'ont permis en retour de soigner précisément des adultes en analyse. Un exemple m'a été donné grâce à l'étude des dessins d'enfants atteints soit de névroses, soit de maladies physiques. Une dame m'apporte vingt dessins réalisés par des enfants hospitalisés dans une salle de chirurgie du cœur. Nous regardons ces dessins et nous sommes tous frappés, tous ceux qui étaient là, de l'importance des représentations du monde végétal, de la finesse dans la figuration des branches des arbres. Or, tous ces enfants hospitalisés ne s'étaient pas influencés mutuellement dans le choix thématique de leurs dessins. Bien sûr, les formes plastiques, les paysages, ou les figures mi-humaines, mi-végétales, tout cela changeait suivant chaque enfant. Parmi ces dessins il y en avait un qui représentait le corps humain turgescent, remplissant complètement la page, de couleur rouge et différent de tous les autres. Je m'adresse alors à cette dame et lui demande : « Je voudrais bien savoir de quoi souffre cet enfant-là dont le dessin n'est pas comme les autres ; vous le voyez bien ? » — Et elle d'acquiescer : « Ah ! oui, c'est vrai. Bon. » Huit jours après, elle revient et me dit : « C'est extraordinaire, savez-vous que le petit qui avait fait ce dessin, était arrivé d'urgence à l'hôpital à cause d'une torsion des testicules ; comme il n'y avait pas de lits en chirurgie, on avait décidé de l'installer dans la salle de chirurgie du cœur. » Cette expérience représente pour nous une différence essentielle entre une image qui a été donnée par des enfants cardiaques, et cette image produite par un enfant atteint au niveau des forces vives — les testicules — qui représentent à l'âge de huit ans une source inépuisable de pulsion et un appel à la recherche du plaisir.

Je prendrai un autre exemple plus classique, celui du nourrisson séparé très précocement de sa mère obligée de le quitter à cause d'une intervention d'urgence. Ce bébé ne peut têter, ni manger et souffre visiblement de la faim. Les personnes chargées de l'enfant sont venues me consulter après avoir rencontré un médecin qui, tout en reconnaissant son ignorance pour traiter un tel problème, leur conseille de me voir. On ne savait comment s'en sortir. J'ai pensé alors à l'importance de l'image olfactive qui me semble précéder l'image orale et j'ai proposé à ces gens une solution particulière : « Mettez du linge ayant été en contact avec le corps de la mère et donnez-lui un biberon entouré de ce linge ». Plus tard, ils m'ont téléphoné pour m'annoncer que, à leur surprise, le biberon avait été immédiatement avalé. Cette expérience de la présentification de la mère à travers un morceau d'étoffe capable de rendre dynamiquement absorbant l'appareil digestif, a été renouvelée avec une enfant plus âgée, de deux ans et demi, dont la mère était partie pour deux mois, et qui pourtant avait une nurse. Cette nurse ne supplantait pas complètement la mère, dans la mesure où celle-ci était toujours présente lors des repas. En tout cas, les absences de la mère qui n'avaient jamais dépassé la durée d'un jour de temps à autre, étaient devenues trop fréquentes et l'enfant est tombée dans un état d'apathie et d'aboulie absolues. Ce n'est pas moi qui ai reçu ce cas, mais un médecin particulièrement audacieux qui avait lu un de mes articles qui rapportait le cas dont je viens de vous faire état. Ce médecin a pensé que cet enfant qui tombait dans l'autisme et dans l'absence de désir, manifesté oralement, pouvait être enveloppé avec les étoffes du linge maternel et attendre une éventuelle récupération. Je dois dire que le résultat a été inouï. Cette petite a littéralement rapté le linge qui lui était proposé et s'en est posé sur tout le corps. Elle s'est recouverte avec les culottes et les combinaisons de sa mère, les a rentrées entre sa peau et ses vêtements contre son corps et vivait, pendant quelques heures, gonflée de tout ce tissu maternel qui l'entourait. Au bout de quelques heures, elle se débarrasse de ce linge, le met par terre en faisant avec son index, dans ce linge épars au sol, des cercles qui reproduisaient diverses images esthétiques comme l'escargot par exemple. Elle s'amusait et jouait avec toutes ces étoffes en chantonnant et en riant. L'heure du repas arrivée, l'enfant s'est à nouveau enveloppée dans le linge et est allée manger. Il s'agissait d'une petite fille de deux ans et demi, l'olfaction n'était plus en jeu puisqu'il s'agissait du linge propre, mais les effets du représentant du corps maternel matériellement présent, ont été décisifs. On pourrait dire que l'image de la mère absente avait déserté cette enfant de tous ses désirs de conservation de son corps, et que ces tissus médiateurs du contact de la peau de la fillette avec la peau de sa mère ont relancé son envie de vivre. A l'occasion de cette observation, on a pu remarquer que le rire et le chant signifiaient que cette enfant avait retrouvé tout un comportement expressif d'elle-même pour elle-même, c'est-à-dire quoi ! Une corporéïté narcissisée. Quand on affirme par exemple que la souffrance du membre fantôme n'existe pas avant six ans, je vous étonnerai peut-être en vous disant qu'avant trois ans, la nécessité d'avoir quatre membres est tout à fait superflue du point de vue de cette corporéïté narcissisée dont nous parlons. Et les expériences nous le montrent. Si un enfant de 18 mois se brûle une main, au point qu'il doive avoir un pansement, eh bien, il suffit qu'il ait dormi pour qu'immédiatement au réveil, ce membre de main prenante ou de main fonctionnante, n'existe plus pour lui. Il tient sa main en l'air près de sa tête de façon élusive sans se sentir gêné et, quand cet objet main pensée le gêne, c'est tout juste s'il ne le repousse pas avec son autre main. Lorsqu'au bout de 8 ou 15 jours le pansement est ôté, il faut au moins deux incitations de la mère pour que l'enfant retrouve le rapport habituel à sa main. Une première incitation remettra ce membre dans le circuit des actions habituelles, mais il faut encore une deuxième incitation de la mère pour que de nouveau ce membre intégré déjà dans le circuit moteur, soit ressenti comme lui appartenant véritablement. Pendant quinze jours l'enfant s'était habitué à ne plus avoir nécessité de posséder une main parce que l'être qui est dedans, lui, continue d'exister. J'ignore si vous avez eu l'occasion de voir des films d'enfants affamés, ce que nous avons hélas déjà connu pendant la guerre, des enfants affamés par le corps et non pas affamés de présence, c'est-à-dire l'enfant dans les bras de sa mère qui n'a plus mangé ni bu depuis un certain temps, eh bien cet enfant montre la constance de la poussée pulsionnelle de la pulsion vitale à travers une lucidité extraordinaire dégagée de son regard. Il est frappant de voir la mobilité des yeux que peut montrer un nourrisson de quatre mois réellement affamé. Il y a la vie dans les yeux, même si en lui approchant un biberon, l'enfant le refuse. Il est affamé et pourtant sa bouche reste rigoureusement fermée comme s'il n'était plus capable d'avaler. On sait que des enfants meurent de faim parce qu'affamés ils refusent la nourriture qu'on leur propose ; leur corps semble devenu pour eux un étranger. Et pourtant ils existent à l'intérieur d'eux-mêmes, existence qui aurait nécessité encore une parole symbolique pour qu'elle tienne.

L. Zolty : Il y a une question que je souhaiterais vous poser. Vous avez repéré quelques formes présentes dans tous les dessins d'enfants, telles par exemple, la maison-Dieu, le soleil, la fleur, etc., des formes auxquelles vous avez fait correspondre une signification générale et sur lesquelles certains psychothérapeutes d'enfants s'appuient pour lire un dessin d'enfant. Pourtant le dessin n'est ni une parole ni une lecture, mais la mise en place d'un fantasme référé à l'image inconsciente du corps telle que vous la définissez, c'est-à-dire : synthèse vivante des expériences émotionnelles liées au sujet, liées à l'histoire du sujet et articulées au langage propre du vécu relationnel et sensoriel de l'enfant. Alors, ce repérage que vous faites des formes générales dans les dessins d'enfants, est-ce en contradiction avec l'écoute spécifique de l'image du corps, ou bien, faudrait-il considérer que ces équivalences formelles font partie du réel dont est porteur tout sujet ?

F. Dolto : Oui, vous avez raison, ces équivalences générales sont à mettre en rapport avec le réel du code général des porteurs. L'image d'une maison rectangulaire avec un toit trapèze écorné à un coin, renvoie par exemple au propre moi de l'enfant coiffé par un toit matérialisant une mère écornée. C'est une première approche, car l'altération de la forme du toit (homophonie avec le pronom personnel « toi ») est aussi la marque d'un événement qui demeure inscrit à un moment de la vie de l'enfant. Mais dans une

L'ENFANT DU MIROIR

approche moins générale, le toit abîmé dans un angle signifie plus qu'une mère abîmée, il signifie une image du corps écornée en tant que médiateur relationnel. Même si cette image médiatrice est présente tout au long de l'histoire du sujet, on peut néanmoins, dans le travail analytique, dater l'époque où l'enfant a pu accoucher de cette forme particulière du toit écorné d'un angle.

L. Zolty : Il existe donc une part du dessin qui vous paraît pouvoir être lue par le thérapeute, sans faire nécessairement appel à la parole de l'enfant.

F. Dolto : C'est un langage différent du langage parlé. Le dessin est une structure du corps que l'enfant projette, et avec laquelle il articule sa relation au monde. Je veux dire que par l'intermédiaire du dessin l'enfant spatio-temporalise sa relation au monde. Un dessin c'est plus que l'équivalent d'un rêve, c'est en soi-même un rêve ou, si vous préférez, un fantasme devenu vivant. Le dessin fait concrètement exister l'image inconsciente du corps dans sa fonction médiatrice. C'est ça qui est important. Bien entendu, on peut aussi envisager le dessin d'un point de vue graphique et analyser la manière adoptée par l'enfant pour agencer les différentes composantes du dessin. Si l'on sait reconnaître les rythmes des mouvements utilisés pour représenter des figures ou discerner en particulier la facture de remplissage coloré du fond, on peut savoir à quel niveau de sa structure est l'enfant. Par exemple, les obsessionnels, quel que soit leur âge, situent les images du corps dans les fonds en tant que supports sur lesquels se détachent les formes. L'important n'est pas du tout le dessin en tant que matériel figuratif ; c'est la façon dont les fonds du dessin sont faits qui révèle véritablement les images inconscientes du corps. Vous connaissez cette maison à laquelle j'ai donné le nom de « maison-Dieu » parce qu'elle est construite à l'époque où l'enfant se croit et se voudrait le maître du monde. Il est Dieu et il se sent comme ça. Si nous considérons la « maison-Dieu » comme une forme qui évolue suivant des variations signifiantes, vous verrez curieusement que le tracé de cette maison s'agrandit et devient le clocher des églises ou au contraire se ratatine jusqu'à se transformer en une niche de chien. Ce type de dessins s'observe fréquemment chez les obsessionnels qui sont restés au stade évolutif marqué par une éthique mégalomane. Ce sont des enfants ayant subi une mutilation du code de l'image du corps existante à un stade donné sans avoir eu le désir nécessaire au franchissement de la castration. Cela est toujours dû à un désaveu de leur identité sexuelle ou de leurs pulsions par la personne qui s'occupait d'eux, que ce soit leur génitrice ou leur bonne d'enfant.

J.-D. Nasio : Tu conçois donc la castration non pas comme une mutilation du code de l'image inconsciente du corps, mais au contraire comme une épreuve qu'on traverse et on surmonte.

F. Dolto : C'est cela même, les castrations sont des épreuves mutantes quelquefois ratées, quelquefois accomplies, ayant des effets symboliques promotionnants ou des effets pathogènes.

J.-D. Nasio : A ce propos, une des thèses les plus stimulantes de ton livre est d'élever la castration au rang d'une opération génératrice d'effets positifs et socialement humanisantes pour le corps de l'enfant. Bien sûr, cela dépend de la manière dont le sujet franchit cette épreuve de la castration...

F. Dolto : ... mais aussi de qui est l'agent castrateur et surtout de quelle façon l'enfant est assisté dans son épreuve. Car ce passage comporte un facteur décisif, celui du moi-idéal que représente la personne assistant l'enfant. Il est clair que tout adulte, tout « autre » qui accompagne l'enfant au moment de

L'ENFANT DU MIROIR

l'épreuve, doit lui-même avoir subi la même épreuve et en être sorti. L'adulte se verra alors accorder la confiance de l'enfant et représentera pour lui, celui qui a réussi à traverser l'épreuve. Ceci étant acquis, encore faudra-t-il que l'adulte sache accompagner l'enfant lors de l'épreuve, en se situant au même niveau que lui. Comment faire, étant adulte, pour entrer dans l'expérience douloureuse accomplie par l'enfant ?

J.-D. Nasio : Lorsque l'enfant est reconnu comme sujet qui franchit la castration, tu utilises l'expression « accompagné d'un idéal », d'un moi-idéal.

F. Dolto : Le moi-idéal est une personne ou un animal, mais pas toujours le même. Il peut par exemple être un chien, ou toute autre bête domestique – quelquefois sauvage – avant que l'enfant sache qu'il est lui-même une personne. Il faut que le moi-idéal soit représenté par quelqu'un d'existant dont l'enfant admire l'expérience. Il peut s'agir aussi d'images de fiction, pourquoi pas, qui prennent valeur de personnes existantes, telles les « Musclor », les « Goldorak », etc.. Ce sont tous des moi-idéaux très antiphobiques. Alors que pour nous, ces personnages peuvent paraître phobogènes, ils constituent pour l'enfant de formidables objets permanents, indestructibles et par conséquent très anti-phobiques et protecteurs. Ces figurines en plastique ou en métal ne sont jamais nées, jamais sensibles ni mortelles. C'est formidable, car l'enfant identifié à ces êtres imaginaires en métal, ne succombera pas facilement à la phobie. Tu comprends, les moi-idéaux sont les vrais soutiens et la garantie d'une sécurité de base.

J.-D. Nasio : Tout à l'heure, en évoquant la nature de l'intervention du psychanalyste, tu soulignais l'importance de dire à l'enfant son identité sexuelle, et même de lui énoncer une interdiction – non pas au sens d'une interdiction autoritaire – , mais à la manière d'un rappel de la loi de l'Oedipe. Est-ce qu'une intervention de ce type signifierait une castration symboligène inhérente à l'expérience transférentielle ?

F. Dolto : Parfaitement, c'est ça la castration. Mais à condition que l'enfant sente que celui qui lui dit son identité sexuelle en lui énonçant : « Tu ne peux pas me désirer », soit quelqu'un qui l'aime. Qu'est-ce que l'amour, sinon une sublimation du désir et non pas satisfaction du désir ? Pour qu'un enfant se sente aimé nous n'avons pas besoin de l'embrasser, il suffit d'une parole juste. C'est l'amour médiatisé par un dire qui permettra à l'enfant de s'épanouir et de devenir source de désir pour les autres. C'est un principe général pour tous nos patients, car nous ne saurons pas écouter un analysant si nous ne pouvons pas l'aimer. Mais j'insiste, l'aimer à travers une parole ; à travers une parole qui l'accompagne dans le dépassement de l'épreuve. C'est ça la grande trouvaille de Freud : c'est avec une parole juste que la castration est donnée, qu'elle s'accomplit et se dépasse.

J.-D. Nasio : Je voudrais maintenant que nous abordions ce chapitre si important de ton livre consacré au miroir. Tu y développes une conception profondément originale de la fonction du miroir dans la constitution de l'image inconsciente du corps. En guise d'ouverture – et si tu le permets –, j'aimerais vous faire connaître un très vieux texte qui est la transcription d'un échange vivant sur le thème du miroir, et autour d'un de tes premiers travaux *Cure psychanalytique à l'aide de la Poupée fleur* *. Cela se passait à la Société Psychanalytique de Paris, le 18 octobre 1949, avec la participation d'éminents analystes tels Lacan, Nacht, Lebovici, Held, Blajan-Marcus et... Mme Françoise Dolto-Marette.

(*) Le compte rendu de ce débat se trouve dans la *Revue Française de Psychanalyse*, n° 4, oct.-déc. 1949, pp. 566-568, P.U.F., Paris, 1949.

L'ENFANT DU MIROIR

Dans le débat, chacun des intervenants sollicitait de toi une réponse. Voici le compte rendu de la remarque de Lacan cité in-extenso : « Le docteur Lacan a le sentiment de plus en plus vif que la "Poupée-fleur" de Mme Dolto s'intègre dans ses recherches personnelles sur le Stade du miroir, l'Image du corps-propre, et le Corps morcelé. Il trouve important que la "Poupée-fleur" n'ait pas de bouche et après avoir fait remarquer qu'elle est un symbole sexuel et qu'elle masque le visage humain, il termine en disant qu'il espère apporter un jour un commentaire théorique à l'apport de Mme Dolto ». Et voici maintenant ta réponse adressée à Lacan : « Oui, la "Poupée-fleur" s'intègre aux réactions du stade du miroir, à condition d'entendre l'idée du miroir comme objet de réflexion non seulement du visible, mais aussi de l'audible, du sensible et de l'intentionnel. La poupée n'a pas de visage, pas de mains ni de pieds, pas de face ni de dos, pas d'articulations, pas de cou ». Je suis sûr que vous tous, et toi Françoise en particulier, vous êtes sensibles non seulement à la valeur de document de ce texte, non seulement à la richesse de ces quelques phrases, mais aussi à l'écart qui sépare le miroir du Stade du miroir de Lacan et le miroir de Dolto, constitutif de l'image inconsciente du corps. Déjà à cette époque, ta singulière conception du miroir comme une surface omni-réfléchissante de toute forme sensible et pas exclusivement visible, se distinguait de la théorie lacanienne qui accordait au miroir plan-spéculaire du stade du miroir, une valeur décisive. Si je comprends bien ta pensée, ce qui était important en 1949 et continue à l'être aujourd'hui, n'est pas le caractère spéculaire du miroir ni l'image scopique qui s'y reflète mais la fonction relationnelle accomplie par un tout autre miroir d'une tout autre nature : le miroir de l'être du sujet dans l'autre.

Dans une distinction très schématique, je retrouve trois différences essentielles entre le « Stade du miroir » de Lacan et, si tu me permets l'expression, « le miroir du narcissisme primaire » de Dolto. La première différence concerne le caractère de *surface plane* et visuellement réfléchissante du miroir chez Lacan, en opposition au caractère de *surface psychique* omni-réfléchissante de toute forme sensible, du miroir chez Dolto. Bien entendu, tu parles aussi du miroir plan, mais pour aussitôt le relativiser comme un instrument parmi d'autres contribuant à individualiser le corps en général, le visage, la différence des sexes, et pour tout dire : l'image inconsciente du corps de l'enfant. C'est dire combien dans ta théorie l'image réfléchie du miroir n'est qu'une stimulation

L'ENFANT DU MIROIR

parmi d'autres stimulations sensibles, dans le façonnement de l'image inconsciente du corps.

La seconde différence, plus essentielle, a trait au rapport du corps réel de l'enfant avec l'image renvoyée par la glace. Nous savons que dans la théorie de Lacan, l'image du « Stade du miroir » anticipe, au niveau imaginaire, l'unité plus tardive du Je symbolique ; et que cette image est avant tout un mirage de totalité et de maturation, face au réel dispersé et immature du corps infantile. Aussi le stade du miroir de Lacan est-il une expérience inaugurale et première. La thèse soutenue dans ton livre aborde le problème tout autrement. D'abord, le corps de l'enfant qui subit l'impact du miroir n'est pas un réel dispersé ni morcelé, mais cohésif et continu. Au lieu d'opposer comme le fait la théorie lacanienne, un corps morcelé à une image spéculaire globalisante, tu opposes – tout en les complémentarisant – deux images différentes : l'image spéculaire (ou scopique) et l'image inconsciente du corps. En d'autres termes, tu déplaces la contradiction constitutive du stade du miroir chez Lacan. Pour celui-ci, l'enjeu va se résoudre dans une *confrontation du corps réel et de l'image spéculaire ;* pour toi en revanche, le corps réel étant déjà un continuum, l'enjeu se décide entre *deux images :* d'une part l'image inconsciente du corps, et d'autre part, l'image spéculaire qui contribue à modeler et individualiser la première. Si vous admettez ces distinctions théoriques que je vous propose, on conclura alors que le stade du miroir chez Lacan marque un commencement, par contre celui de Dolto confirme une individuation narcissique primaire déjà entamée dès le narcissisme fondamental.

La troisième et dernière différence se réfère à la nature affective de l'impact que l'image du miroir produit chez l'enfant. Lacan qualifie cet impact de *« jubilation »*, tandis que Dolto y reconnaît l'épreuve douloureuse d'une *castration*. Le premier conçoit la jubilation comme l'affairement affectif qui signe l'assomption par l'enfant de son image. Françoise Dolto, au contraire, trouve dans la castration le constat douloureux fait par l'enfant de l'écart qui le sépare de l'image. On pourrait synthétiser en disant : dans la perspective de Dolto, le narcissisme primaire résulte du franchissement de l'épreuve accompli par l'enfant de n'être pas l'image réfléchie que le miroir lui renvoie.

En somme, la distance entre les positions lacanienne et doltonienne peut se résumer en :

• une différence dans la manière de concevoir la nature de la surface du miroir – (plane ou psychique)

L'ENFANT DU MIROIR

• une autre différence dans le choix des pôles opposés de l'expérience spéculaire – (corps réel/image spéculaire) ;

• et une troisième différence enfin dans la manière de considérer l'impact affectif du miroir.

Pardonnez-moi ce long développement introductif, mais sachant la place que le livre de F. Dolto accorde au miroir, une confrontation avec la théorie lacanienne du Stade du miroir s'imposait.

F. Dolto : Je te remercie très vivement de cette évocation de mes débuts et d'avoir su rassembler de façon si claire les nombreuses questions d'un problème difficile, celui du miroir. Paradoxalement, les enfants qui m'ont le plus appris ce qu'est un miroir – et au-delà, ce qu'est le narcissisme primaire –, ont été ceux qui précisément n'ont pas d'yeux pour voir, c'est-à-dire les aveugles de naissance. Ces enfants qui n'ont jamais expérimenté l'effet d'une image visible, conservent néanmoins intacte une riche image inconsciente du corps. Leur visage est d'une authenticité tellement émouvante qu'ils donnent l'impression de laisser transparaître l'image du corps qui les habite.

J.-D. Nasio : La référence aux enfants aveugles est particulièrement intéressante parce qu'elle soulève le problème de la constitution de l'image inconsciente du corps malgré l'absence de l'épreuve du miroir.

F. Dolto : Ça peut paraître curieux, mais je n'hésiterais pas à affirmer que l'image du corps chez les aveugles demeure inconsciente beaucoup plus longtemps que chez les voyants. Les thérapeutes ayant à soigner des troubles de caractère chez les enfants atteints de cécité congénitale, entendent fréquemment le récit d'histoires oedipiennes ponctuées d'expressions référées à la vue. Les aveugles disent toujours : « Je vois ». Et il m'est arrivé de leur demander : « Comment peux-tu voir si justement tu es aveugle ? » ; et eux de me répondre : « Je dis que *je vois* parce que j'entends tout le monde autour de moi parler de cette façon ». Et moi de leur répliquer : « Tout le monde dit : "Je vois", mais pour signifier qu'on comprend ». Ces enfants aveugles sont dotés d'une sensibilité remarquable. Quand par exemple ils modèlent une sculpture, les mains de la figurine représentée prennent une place prépondérante. Il leur arrive de tracer des dessins non pas sur le papier, mais gravés sur la pâte à modeler mise à plat. Et ils obtiennent ainsi, avec la même maîtrise que celle des enfants voyants, de vraies images du corps qui se projettent dans leurs graphismes. Or, dans leurs sculptures la taille des mains est beaucoup plus grande que dans les modelages des voyants ; la raison en est très claire : c'est avec les mains qu'ils voient, c'est dans les mains qu'ils ont leurs yeux. Vous comprenez pourquoi les dessins sont davantage des gravures que des tracés graphiques. C'est très intéressant d'analyser une personne privée d'un paramètre sensoriel, parce qu'en tant que sujet de langage, elle a dû réorganiser la symbolisation des autres paramètres. Dans ce cas le psychanalyste se rend compte qu'il polarise son écoute sur le paramètre sensoriel absent, alors que ce même paramètre passe inaperçu dans les circonstances ordinaires de l'analyse.

J.-D. Nasio : J'aurais envie de traduire ta remarque en disant : si l'aveugle a les yeux au bout des doigts, le psychanalyste de cet aveugle devrait avoir les yeux dans le creux de son écoute. Mais revenons si tu le veux bien, à l'expérience du miroir elle-même et reprenons les considérations à propos de la castration. Pourquoi dire que cette expérience est une castration ?

F. Dolto : Parce que c'est décidément une épreuve. Je pense à un enfant qui tout à coup voit surgir son image reflétée dans un miroir qu'il n'avait pas jusque là remarqué – les enfants sont toujours extrêmement sensibles à l'impact soudain de quelque chose. A ce moment, il s'approche avec joie de la glace, et s'exclame tout content : « voilà bébé ! » ; puis il joue, et finit par s'y cogner le front et ne plus comprendre. Si l'enfant est seul dans la pièce, sans la compagnie de quelqu'un pour lui expliquer qu'il s'agit seulement d'une image, il tombe dans le désarroi. C'est là que se joue l'épreuve. Pour que cette épreuve ait un effet symboligène, il est indispensable que l'adulte présent nomme ce qui se passe. Il est vrai que beaucoup de mères à ce moment commettent l'erreur de dire à l'enfant en indiquant la glace : « Tu vois, ça c'est toi » ; alors qu'il serait très simple et juste de dire : « Tu vois, ça c'est l'*image de toi* dans la glace, tout comme celle que tu vois à côté est l'*image de moi* dans la glace ». A défaut de cette parole essentielle à la symbolisation, l'enfant effectuera certainement une expérience scopique – en constatant par exemple que son image disparaît quand il n'est plus devant le miroir, et qu'elle réapparaît quand il s'y replace –, mais elle demeurera, en l'absence de réponse et de communication, une expérience scopique douloureuse. C'est très éprouvant pour l'enfant si les autres ne sont pas dans la même pièce que lui, face au miroir. L'autre doit être là non seulement pour lui parler, mais pour que l'enfant observe dans le miroir l'image de l'adulte différente de la sienne, et qu'il découvre alors qu'il est un enfant. Car un enfant ne sait pas qu'il est un enfant et qu'il a la taille et l'apparence d'un enfant. Pour le savoir, il lui a fallu regarder le miroir et constater la différence entre son image et celle de l'adulte. Lorsqu'à l'inverse, le même enfant est avec un enfant plus petit, il souffre de sentir que son identité d'enfant n'est plus stable. Les enfants ne veulent pas être en miroir avec un enfant plus petit ni en communication d'identité. C'est d'ailleurs une des raisons pour lesquelles l'enfant qui commence à grandir renverse les plus jeunes. Il arrive par exemple qu'il ne se contente pas d'arracher le jouet d'un plus petit, il faut encore qu'il le bouscule et le fasse tomber. Il faut lui expliquer que s'il a renversé son compagnon de jeu, c'était pour s'assurer de ne pas être devenu identique à lui ; autrement, il perdrait son identité. Après l'explication de l'adulte, l'enfant est ravi et n'a plus besoin de pousser d'autres enfants. Tu vois combien ces échanges entre les enfants sont déterminés par le miroir qui contamine toute la réalité.

J.-D. Nasio : Tu qualifies l'expérience du miroir, une blessure, un trou symbolique que tu définis ainsi : « Cette blessure irrémédiable de l'expérience du miroir, on peut l'appeler le trou symbolique dont découle, pour nous tous, l'inadaptation de l'image du corps et du schéma corporel » (p. 151). Or, cette blessure déterminée par l'image scopique susciterait chez l'enfant une sorte d'alerte permanente afin de s'assurer que l'image est bien réglée au regard de son être dans le rapport aux autres ; et en définitive, afin de défendre son identité.

F. Dolto : Tout à fait. La meilleure illustration, c'est le cas de la même petite fille dont nous parlions tout à l'heure, qui avait perdu sa « bouche de main » et n'arrivait pas à bien déglutir. Cette enfant saine et superbe était devenue schizophrène à deux ans et demi. Je n'ai pas eu l'occasion de la voir longtemps, car elle était la fille d'une famille américaine de passage à Paris pour deux mois seulement. Pendant que ses parents visitaient la ville, l'enfant était restée dans la chambre de l'hôtel gardée par une personne inconnue qui parlait l'anglais mais pas l'américain. Si bien que la petite fille n'avait pas d'échange possible. Or, les murs de la pièce étaient recouverts de miroirs et la plupart des meubles étaient en glaces. Dans l'espace de cette chambre des miroirs et sans compagnie attentive, elle s'est perdue et morcelée en des bouts de corps visibles partout. Par surcroît, la présence d'un petit bébé qui occupait constamment la nurse

L'ENFANT DU MIROIR

laissait l'enfant encore plus désemparée. De retour aux Etats-Unis, elle fut suivie en traitement. Plus tard, j'ai reçu une lettre de sa mère avec des photos superbes de la même enfant prises deux mois avant la crise pour laquelle on avait consulté. C'est terrible de voir comment l'expérience du miroir avait dissocié et éparpillé son être. Dire qu'au début, les parents avaient été contents de croire que ces multiples morceaux de miroir l'amuseraient bien ; ... ils ne se sont pas aperçus que leur fille tombait dans la folie.

J.-D. Nasio : Ce cas émouvant me ramène à l'insistance avec laquelle, dans ton livre, tu montres la fascination mortifère du miroir. On voit combien l'image spéculaire peut tout aussi bien intégrer qu'abolir l'image inconsciente du corps.

F. Dolto : Absolument. Du point de vue de l'image du corps, l'enfant n'est jamais morcelé ; ce sont les autres qui sont morcelés. Mais il peut cependant se morceler imaginairement dans une identification à autrui ou aux représentants imaginaires d'autrui, comme cela a été le cas de cette petite fille identifiée aux multiples images scopiques découpées. Vous observerez toujours des enfants qui souffrent de ce type d'identification imaginaire, même dans des situations quotidiennes. Par exem-

L'ENFANT DU MIROIR

ple, il y a des enfants très gênés à la vue des parents dans leur lit n'ayant que la tête qui dépasse des couvertures, ou encore devant l'écran de télévision. La télévision est très morcelante car les images de bustes qui se promènent induisent les très petits enfants à croire que les gens sont coupés en deux. Un autre effet trompeur de l'image scopique, je le disais tout à l'heure, c'est quand l'enfant croit avoir affaire à son double face au miroir. A ce moment – j'insiste – il faut un aîné qui lui parle pour lui apprendre à distinguer la chaleur de la relation vraie avec autrui de la relation trompeuse avec l'image. Cependant, c'est aussi grâce à la tromperie imaginaire que tous les enfants jouent à se faire des grimaces où à se renvoyer des grimaces dans la glace. Aussi apprend-il à sourire et en dernière instance, à se servir de l'image menteuse pour être moins en danger dans le lien à l'autre, ou au contraire pour s'en séparer.

J.-D. Nasio : C'est ainsi que tu soutiens dans ton livre que l'image scopique est refoulante ?

F. Dolto : Exactement. L'image scopique est refoulante de l'image du corps.

J.-D. Nasio : Elle est refoulante parce qu'elle distorsionne.

L'ENFANT DU MIROIR

F. Dolto : Oui. Elle distorsionne dans la mesure où l'image scopique ne montre qu'une seule face du sujet, quand en vérité l'enfant se sent tout entier dans son être ; aussi bien dans son dos que dans son devant. Néanmoins l'influence de l'image et des pulsions scopiques est telle qu'on prête presqu'exclusivement attention au devant du corps. C'est très curieux, mais vous avez tous, comme moi, expérimenté la descente d'un escalier mal éclairé : la précaution que l'on prend, montre que nous descendons avec les yeux malgré l'obscurité, et pas seulement avec les pieds. Les pieds sont aussi dans les yeux. Autrement dit, dans des conditions difficiles de la réalité, telle l'obscurité, l'image scopique fait place à l'image inconsciente du corps. Si nous pouvions avoir toujours – comme les enfants ou les funambules – les yeux dans les pieds, ce serait formidable ! Nous vivons tellement sur l'apparence que nous donnons, que la perception profonde localisée dans l'image du corps, – qui elle ne se voit pas – reste en général déniée par l'image du miroir.

Tu comprends, l'image scopique n'est rien au regard du ressentir ; et la blessure ou si tu préfères, la castration de l'expérience du miroir, c'est le choc pour l'enfant de s'apercevoir que l'image spéculaire, reflet purement inanimé est une image très différente de l'image du corps. J'ai fait état dans mon livre – je crois p. 155 – d'une observation de jumeaux. Je suis très reconnaissante à la mère de ces jumeaux – femme que je ne connais pas – de m'avoir procuré le document. Je préfère vous lire la description de ce cas : « Ces jumeaux, jamais séparés, nul ne sait les reconnaître l'un de l'autre, même parmi leurs familiers, à l'exception de leur mère et d'un bébé né après eux qui les interpelle déjà à l'aide de phonèmes distincts, en les discriminant sans erreur ». Ceci est très intéressant de remarquer que le bébé ne se trompe pas dans la reconnaissance des frères aînés jumeaux ; alors que le père, lui, se trompe. C'est-à-dire que le bébé est sensible à l'image du corps et non pas à l'image scopique. Reprenons la lecture de l'histoire : « Un jour (ils vont déjà à la maternelle), l'un d'eux étant enrhumé, la mère décide de le garder à la maison et conduit l'autre à l'école. Elle revient, vaque à ses occupations, quand elle entend supplier le fils qui jouait seul dans la chambre. Le ton de supplique monte et devient angoissé, et pourtant l'enfant n'appelle pas sa mère. Elle s'approche de la porte entrebâillée et voit le garçon supplier son image dans le miroir de l'armoire, de prendre le cheval de bois et de monter dessus. Son angoisse va croissante. La mère, alors, entre et se montre, appelant son fils qui se précipite dans ses bras et qui, sur un ton revendicatif et dépressif, lui dit : « X. (le prénom du frère) veut pas jouer au cheval ». La mère, troublée, comprend que l'enfant a pris son image dans le miroir pour la présence effective de son frère. Elle s'approche du miroir en le tenant dans ses bras, prend le cheval avec eux et parle de l'image que le miroir donne à voir, qui est la leur, mais n'est ni elle, ni le cheval, ni le frère absent. Celui dont on voit l'image c'est lui. Elle lui rappelle que le matin, il était un peu malade, mais pas son frère ; qu'elle l'a laissé à la maison et emmené son frère à l'école, et qu'elle va l'y rechercher. L'enfant l'écoute avec intensité.

Dans ce cas particulier de jumeaux si ressemblants, jamais le miroir, pourtant placé sur la porte de l'armoire de leur chambre, n'avait encore posé à l'enfant la question de son apparence. Quand il s'y était vu, sans doute avait-il admis et sans doute son frère avait fait de même (ils avaient trois ans passés), qu'il voyait son frère sans s'étonner de la « bi-localité » de celui-ci, c'est-à-dire de la capacité du frère d'être simultanément à deux endroits différents. Lorsque le frère jumeau est revenu de l'école, la mère a repris l'expérience avec les deux enfants ; mettant chacun, de part et d'autre d'elle, devant le miroir et faisant voir à chacun son image comme la sienne, l'image de l'autre comme celle de son frère. Elle leur a expliqué qu'ils se ressemblaient, étaient frères jumeaux nés le même jour. Ces explications attentivement écoutées, posaient visiblement et silencieusement un problème grave à ses fils. « C'est une observation fantastique parce que cette femme, qui ne m'avait jamais écoutée à la radio et qui n'avait jamais eu affaire à la psychanalyse, a éprouvé la nécessité de me faire connaître cette expérience. Dans sa lettre, elle conclut que tout s'est arrangé depuis, mais qu'il lui était indispensable de me transmettre ce document bouleversant. Il illustre bien, j'insiste encore, l'écart qui existe entre l'image scopique non vivante et l'image inconsciente du corps absolument vitale. L'influence du miroir qui nous fait toujours découvrir la face, et par conséquent découvrir le sexe situé du même côté, se manifeste dans la difficulté pour certains de supporter la vue simultanée du sexe et de la face de la même personne. Devant l'un de ses parents, l'enfant est dans l'alternative de voir soit le sexe, soit la face : il ignore le sexe s'il voit la face, et il ignore la face s'il voit le sexe.

J.-D. Nasio : A ce propos tu soulignes dans ton livre l'importance du premier visage humain regardé par l'enfant.

L'ENFANT DU MIROIR

F. Dolto : Oui. J'ai pu observer certains cas où un trait du visage de la personne ayant accompagné l'enfant les premiers moments de sa vie, demeure toujours présent. Par exemple cet enfant soigné, durant ses premiers jours, par une femme aux yeux bleus, qui se troublait chaque fois qu'il percevait un visage aux yeux bleus. Je fais allusion à ce cas parce qu'il m'évoque la surprise des Vietnamiens devant les Européens aux yeux bleus. C'était tellement angoissant pour eux de voir des yeux bleus, que les femmes se cachaient le visage en mettant leur jupe par-dessus la tête. Pourquoi une telle angoisse ? Eh bien, parce qu'ils ne connaissaient personne aux yeux bleus en qui se mirer. Car, nous l'avons déjà dit : il n'y a pas que le miroir plan, il y a surtout le miroir que l'autre est pour nous. Et tout particulièrement cet autre, premier personnage vu à la naissance par un être humain ; ou encore les premiers mots entendus aux premières heures de la vie comme des échos d'un miroir sonore. J'ai eu l'occasion de suivre le traitement d'un schizophrène de treize ans qui m'a fait vivre un jour le drame d'un événement des premières heures de sa vie. Personne ne le savait sauf sa mère adoptive qui, l'ayant entendu, ne l'avait même pas dit à son mari, tellement cet événement était bouleversant. Ce qui a guéri l'enfant a été de me raconter ce qui s'était passé. J'ai eu la chance d'apprendre dernièrement qu'il est guéri définitivement, qu'il est marié et qu'il a un enfant. Habituellement, nous soignons des gens dont l'absence de nouvelles ne nous permet jamais de savoir ce qu'ils sont devenus.

Intervenant : J'ai l'impression que la question que vous posez concerne l'articulation entre le traumatisme et le fantasme. A travers ce que vous venez de dire, on peut s'interroger sur la valeur de la reconstruction, voire de l'anamnèse de l'événement premier. Quelle attitude doit adopter un psychanalyste devant un premier événement supposé traumatisant ? Doit-il chercher à savoir ?

F. Dolto : Personne d'autre ne peut le savoir que celui qui l'a vécu ; il faut donc une analyse pour que l'événement originaire ressorte. Reprenons par exemple l'histoire remarquable de cet adolescent schizophrène terriblement insomniaque qui était un grand phobique *. Il avait peur de tout objet ayant une forme pointue, même d'un simple crayon, qu'il regardait comme une arme pouvant piquer et détruire. Au début du traitement, j'ignorais qu'il était en fait un enfant adopté. J'ai

(*) On trouvera le récit plus complet de ce cas dans F. Dolto, *Séminaire de psychanalyse d'enfants,* T. II, Seuil 1986.

compris ensuite que sa phobie des piqûres remontait à une tentative d'avortement ; ou tout au moins y avait-il eu un mot prononcé par quelqu'un exprimant le désir de l'avorter. Je me rappelle nettement d'une séance où j'avais réussi à le convaincre de prendre le crayon pour piquer ma propre main et constater que je n'en mourrai pas pour autant. La séance qui a suivi a été si importante pour la cure de cet enfant et un moment si éprouvant pour moi-même, que je n'hésiterai pas à la qualifier d'être la dernière séance, comme si toutes les séances précédentes n'étaient que le temps de préparation de ce moment crucial. Ce jour-là, il n'osait pas s'asseoir, il sautait d'une jambe sur l'autre, et puis tout à coup, il a mis en scène un mélodrame à deux voix. Il s'est mis à parler sur deux voix : une voix aiguë et plaintive, et puis une autre agressive. La première disait : « Maman, je veux le garder, mais si, je veux le garder », et l'autre qui répondait : « Non, salope ! Putain de salope ! Tu ne l'auras pas. Si tu le gardes je l'étranglerai de mes propres mains ». J'étais bouleversée d'entendre ces paroles proférées par un garçon de 13 ans, qui semblait ne pas savoir ce qu'il disait. Et moi, ébranlée comme un arbre dans un tremblement de terre, je n'entendais qu'une seule question insistante : « Mais qu'est-ce que cet enfant a bien pu vivre ? » Quelques jours plus tard, je reçois un coup de téléphone de la mère adoptive : « Mme Dolto, il faut absolument que je vous voie, parce qu'il s'est passé quelque chose d'extraordinaire. Quand mon garçon est revenu de sa séance, il a mangé très rapidement et s'est endormi trente-six heures d'affilée. J'ai appelé le médecin croyant qu'il était malade ou qu'il avait avalé des cachets ; il m'a rassuré en m'expliquant qu'il n'y avait rien d'inquiétant tant qu'il dormait ». J'appris également que lorsque l'adolescent s'était réveillé, il était tout étonné d'avoir manqué l'école ; comme s'il s'était réveillé d'un sommeil hors du temps.

Je demande donc à la mère de venir me voir et lui signifie qu'elle avait oublié de me raconter quelque chose d'essentiel de la vie de cet enfant. Peu à peu elle a compris que les mots échangés durant la dernière séance avaient été à l'origine de ce long sommeil. Je lui ai répété alors les paroles proférées par son fils lors de la séance. Ça a été épouvantable. En pleurant, elle s'est écriée : « Non madame, ne me dites pas ça ! C'est vrai, je vous ai menti car si je vous disais la vérité, toute ma vie en serait démolie. Maintenant je peux vous le dire : tous nos enfants sont des enfants adoptés parce que je suis stérile. » C'est à ce moment qu'elle m'a raconté dans quelles circonstances elle avait adopté ce garçon, qui était son fils aîné. « Ce que j'ai entendu ce jour-là, me dit-elle, personne au monde ne le sait, pas même mon mari. Comment est-il possible que mon fils, si petit, ait pu entendre ces mots ? » Lorsqu'elle était venue à la clinique pour adopter l'enfant, elle avait entendu à travers la cloison, la dispute des deux femmes, la mère génitrice de l'enfant et la grand-mère maternelle. L'enfant n'avait alors que quarante-huit heures de vie. Vous comprenez qu'il faut avoir vécu une telle expérience pour savoir ce que sont les engrammes des paroles prononcées, des paroles n'ayant d'autre sens pour l'enfant que la jouissance du vœu de mort sur son être. Il jouissait au niveau de son schéma corporel de l'interdiction de vivre, de l'interdiction de développer dans la vie aérienne l'image du corps fœtale. Ces paroles mortifères inscrites dans le schéma corporel ne pouvaient être délogées que dans les conditions du transfert, c'est-à-dire à travers les mots proférés par lui et l'émotion éprouvée par moi.

Quand j'ai revu le garçon dans la séance suivante, il était tout à fait paisible. Après qu'il m'eut dit s'être bien reposé, je lui ai demandé s'il se souvenait de ses paroles lors de la dernière rencontre. « Moi, madame, je ne vous ai rien dit. » Voyant qu'il ne se rappelait pas, je décidais alors de lui raconter

L'ENFANT DU MIROIR

— en essayant de la mimer — l'histoire de la lutte entre deux voix de femmes. Quand il a quitté cette séance, j'avais l'impression, presque la certitude, qu'il avait laissé tout sur moi.

Depuis, j'ai appris que ce garçon s'était marié, avait constitué une famille unie et s'était inséré professionnellement. Justement, lui qui avait peur des aiguilles et des ciseaux était devenu initialement apprenti tailleur avant de se consacrer définitivement à un autre métier. Voilà une expérience qui montre qu'un événement premier ne peut se révéler que dans le cadre de l'analyse. Alors, quand vous me questionnez à propos de la fonction de l'anamnèse, je vous réponds en vous faisant état d'un cas dans lequel un événement ancien apparaît au jour grâce aux conditions du transfert.

Intervenant : Oui, mais cependant vous avez été conduite à établir une reconstruction qui reste hypothétique ?

F. Dolto : Effectivement, j'ai reconstruit parce que je ne comprenais par pourquoi la séance des « deux voix » avait produit un tel effet de repos sur l'enfant. Pendant ce sommeil profond, le garçon avait retrouvé la paix de ses pulsions de mort et il pouvait désormais être en sécurité. Jusque là, je pourrais dire que les paroles entendues et enregistrées quand il n'avait que quelques heures de vie, avaient tellement marqué l'image inconsciente du corps qu'il en était resté figé dans un état de phobie permanente. Phobie de quoi ? Phobie des pulsions de mort, précisément. Après avoir dit et ressorti ce qu'il avait à dire, il n'y avait plus de danger qui le menaçait. En définitive, cet enfant a eu quatre femmes qui ont souffert pour lui au lieu de l'ignorer : les deux femmes de la scène initiale, sa mère et puis moi-même. C'est cela peut-être, traiter psychanalytiquement un enfant : de même qu'on le soutient dans son dire et qu'on l'accompagne à se dépasser et à dépasser l'épreuve que la résistance empêche, de même, nous traversons nous aussi l'épreuve, nous éprouvons dans notre corps. Je peux affirmer que j'ai éprouvé son dire qui condensait en un instant toute son existence. Ce n'est pas le seul enfant à m'avoir donné des émotions physiques pendant qu'il parlait. Mais ces moments-là sont toujours décisifs parce qu'ils sont la preuve de la reviviscence archaïque de l'image du corps dans un transfert fusionnel.

J.-D. Nasio : On pourrait aussi décrire ce moment en disant que l'image du corps s'installe comme l'image du corps du transfert.

L'ENFANT DU MIROIR

F. Dolto : Exactement, c'est le moment où s'installe l'image du corps des deux partenaires. C'est comme une image fœtale où l'enfant et la mère perçoivent en même temps un drame émotionnel. C'est ça le transfert ; un transfert seulement possible si le contre-transfert est celui d'être disponible pour son patient. Mais ce n'est jamais par anamnèse que l'événement premier peut se révéler, jamais. A chaque fois que l'événement originaire réapparaît, c'est toujours dans l'après-coup d'un dire transférentiel. Très souvent on constate la guérison d'enfants suivis en analyse et on ne sait pas du tout pourquoi ; on relit les notes, on essaie de comprendre, mais on n'y arrive pas toujours. L'important c'est qu'ils s'en soient sortis, c'est-à-dire qu'ils aient eu la chance de dire le non-dit qui jusque-là troublait la bonne intersection de l'image du corps et du schéma corporel.

Intervenant : Précisément, je me demandais si vous pensiez qu'il suffisait d'articuler une parole vraie pour produire un effet immédiat sur le sujet ?

F. Dolto : Enfin, quand on appelle un enfant par son nom, c'est déjà une parole vraie. Dans la cure par exemple, appeler un enfant « monsieur Untel » ou « mademoiselle Untellette », provoque toujours de singuliers effets. Vous verrez apparaître le sourire chez un bébé profondément dépressif aussitôt que vous l'aurez appelé par son nom. Vous comprenez, une parole vraie c'est en fin de compte respecter l'autre autant que soi-même ; c'est respecter l'enfant qui ne veut pas parler ou qui est triste ; c'est le respecter en cherchant le sens de son mutisme et lui demander par exemple : « Peut-être veux-tu mourir ? » Justement, il m'est arrivé à l'hôpital de rencontrer un enfant dépressif de 14 mois, qui paraissait autiste. Je n'ai pas hésité à lui dire : « Peut-être veux-tu mourir ? – Il répondit en baissant deux fois la tête – . Eh bien, tu vois, moi je ne t'empêcherai pas de mourir, mais tu sais bien qu'à la pouponnière, tu ne pourras pas. » Pendant que je parlais, l'enfant regardait constamment la fenêtre. « Tu regardes la fenêtre parce que tu voudrais t'échapper. Mais tu ne pourras pas puisqu'il y a des barreaux aux fenêtres. Si tu veux mourir, il va falloir sortir de la pouponnière. Ils t'ont amené à l'hôpital parce qu'on veut plus tard te conduire dans un hôpital psychiatrique où il y aura encore beaucoup plus de barreaux. Je ne le souhaite pas ; je préfère si tu veux que tu m'expliques pourquoi tu veux mourir. A ce moment, quand tu l'auras dit, tu seras capable peut-être de vivre. » Voilà un exemple d'une parole vraie adressée à un enfant de 14 mois qui m'avait déjà rencontrée plusieurs séances et sans prendre contact en apparence. Je suis profondément convaincue qu'on ne peut pas faire un traitement d'enfant sans parler vrai de ce qu'on ressent et de ce qu'on pense en étant avec lui. Parler vrai signifie considérer celui qui est en face comme un homme ou une femme en devenir, qui est tout entier langage dans son être, ayant un corps d'enfant, mais comprenant tout ce que nous disons. Soit que nous lui disions son désir de vivre dans ce corps, soit que nous lui disions qu'il n'y a plus de place pour vivre dans ce corps. Mais, soyez certains qu'à partir du moment où il parlera en disant qu'il n'a plus le désir de vivre, cela constituera déjà une amorce de désir. C'est la fonction du langage et de la communication pour tout humain, adulte ou enfant. Des idées de suicide, tout le monde en a ; mais il suffit de les mettre en mots pour ne plus être seul. Le suicide est l'appel à la solitude afin de retrouver une ancienne image du corps, ou encore, retourner à la liberté que peut signifier pour le sujet l'absence de corps.

Intervenant : J'aimerais évoquer un de vos précédents ouvrages sur les Evangiles et vous demander votre interprétation du miracle de Lazare. Si l'on se place du côté du Christ en tant que sujet, comment percevrait-il l'image incons-

L'ENFANT DU MIROIR

ciente du corps chez l'autre dans sa défaillance ?

F. Dolto : On raconte que le seul moment où le Christ a tremblé de tout son être a été dans l'instant immédiatement antérieur au cri : « Lazare, lève-toi et marche ». Vous comprendrez que si l'on a transmis le récit de cette séquence tout au long des siècles, c'est certainement en raison de l'impact qu'une telle histoire a provoqué et provoque encore de nos jours, dans l'image du corps de ceux qui l'entendent.

J.-D. Nasio : Peut-être es-tu d'accord pour ajouter que si ce récit demeure toujours fécond et persiste à travers le temps, c'est aussi parce qu'il rapporte la chronique d'un événement transférentiel où l'image du corps de l'Un – le Christ – perçoit inconsciemment l'image du corps de l'autre – Lazare – . Ceci étant, il est clair, à suivre ta démarche, que l'image du corps se modifie et se transmet à travers l'écoute.

F. Dolto : A travers l'écoute et grâce à l'incessante répétition de ce qui précisément a été énoncé, recueilli et rapporté. Certainement que toute la culture est pleine de cette vérité que la psychanalyse atteste et que mon travail tente de cerner.

L'ENFANT DU MIROIR

J.-D. Nasio : Justement, c'est à propos de ton travail que je voudrais formuler ma dernière question de ce soir. L'ouvrage, *L'Image inconsciente du corps,* recueille un très long cheminement de presque 40 ans et cependant, une fois le livre fermé, nous ressentons combien ton œuvre est le premier tour d'une suite de tours à venir. Ta réflexion soulève de nombreux problèmes précis qui appellent les psychanalystes d'aujourd'hui à élaborer de nouvelles propositions tout aussi nuancées. Voici ma question : Quelles sont les avancées de ton œuvre que tu souhaiterais voir reprises et prolongées dans les prochaines années, par d'autres psychanalystes ?

F. Dolto : Enfin... toutes ! Toutes les avancées possibles de mon travail me semblent solliciter un écho. Mais tu conviendras qu'il m'est très difficile de deviner et de choisir tel ou tel aspect de ma pratique, car j'ignore les impasses auxquelles les psychanalystes de demain seront confrontés ; et par conséquent j'ignore aussi les solutions qu'ils seront amenés à forger pour remédier. Cependant il existe, indépendamment des époques et des générations d'analystes, une exigence incontournable pour tous ceux qui s'exposent dans l'exercice de l'écoute, à savoir l'exigence de situer la place du corps de l'analyste dans la cure.

L'ENFANT DU MIROIR

J.-D. Nasio : Je remarque donc que la voie ouverte par ton travail et qui appelle d'autres à s'y engager, est celle de la question du corps de l'analyste dans la cure. Mais, qu'entends-tu par « corps de l'analyste » ?

F. Dolto : Dans la cure, le corps de l'analyste est constamment exposé à la parole de l'autre et extrêmement sensible à sa présence. En même temps, cette entité que nous appelons « corps de l'analyste » – et que nous devrions pour être plus exacts, dénommer « image du corps de l'analyste », – , constitue un des lieux de consolidation du transfert. Prenons l'expérience du travail avec les enfants et les psychotiques ; leur présence provoque souvent cet effet de nous rendre absents d'une partie de notre propre image du corps. Nous sommes littéralement délogés de nous-mêmes. En réaction, nous nous défendons alors en reléguant l'enfant ou le psychotique au statut de fou et en lui déniant la place d'interlocuteur valable. Puisqu'ils ne parlent pas, nous en déduisons qu'ils n'ont rien à dire, et par conséquence que nous n'avons rien à écouter. Or, c'est absolument faux : un enfant qui ne parle pas est tout entier langage et tout entier dans le langage ; ceci à condition bien entendu de lui parler en vous efforçant de le tenir pour un destinataire aussi valable que vous pouvez l'être pour vous-même. C'est ça l'important. Je suis convaincue que si vous respectez cette condition, les très petits enfants comprendront tout ce que vous leur dites ; ils comprendront non seulement la langue maternelle prononcée avec un accent étranger, mais même des phonèmes étrangers. Maintenant, ne pensez plus aux nourrissons mais à l'analyste qui écoute. Nous parlions du corps du psychanalyste, eh bien, je crois que l'image inconscience du corps de l'analyste est dotée de la même capacité réceptive que celle du nourrisson devant une langue étrangère.

Voici une histoire passionnante arrivée à une psychanalyste actuellement décédée. Elle illustre de manière exemplaire comment un tout petit enfant comprend et enregistre les mots sonores d'une langue inconnue ; comment ces mêmes mots réapparaissent – des années plus tard – dans le corps de cet enfant devenu déjà adulte ; et comment enfin, le psychanalyste de ce même adulte peut à son tour recueillir ces mots en les laissant s'inscrire en lui, dans sa propre image de corps d'analyste. Il faut d'abord vous préciser que peu avant sa mort, Muriel Cahen m'a demandé de faire état publiquement de l'expérience que je vais vous rapporter ; expérience fulgurante que nous avons traversée ensemble, elle comme analy-

L'ENFANT DU MIROIR

sante, moi comme son psychanalyste. Se sachant gravement atteinte d'une maladie de Hodgkin et soumise à un éprouvant traitement chimique cortisonique, elle était en effet venue me consulter après que son ancien analyste eut préféré ne plus la reprendre en analyse. Je l'ai donc reçue pendant six mois ; les derniers six mois de sa vie. Malgré la conscience aiguë de sa maladie, elle ignorait cependant le pronostic irrémédiablement fatal qui la condamnait. Durant cette époque extrêmement douloureuse, son activité de psychanalyste s'était poursuivie sans relâche, avec une force et un courage admirables.

Voici qu'un jour, lors d'une séance, elle fait état d'un rêve où des mots bizarrement prononcés se détachaient nettement du contexte général du rêve. Plutôt que des mots, il s'agissait d'une suite de sons incompréhensibles. Je me rappelle très bien l'exclamation qui avait suivi le récit de son rêve : « J'ignorais qu'il était possible d'éprouver le bonheur que je ressentis dans ce rêve, en écoutant ces mots dépourvus de sens et d'une si curieuse sonorité. » J'ai l'habitude d'écrire tout ce qui se passe et se dit au cours d'une séance d'analyse. C'est commode pour moi, car si ma main écrit, je suis, moi, complètement libre pour penser. Ma main écrit, et moi je pense. Donc, ce jour-là, j'ai bien consigné les paroles de Muriel Cahen et en particulier, ces mots à la sonorité étrange. Avant que la séance ne s'achève, je me suis souvenue que Muriel, née à Londres, avait vécu en Inde les neuf premiers mois de sa vie. Son père, fonctionnaire anglais en mission dans ce pays, avait engagé une jeune fille hindoue pour s'occuper du bébé. Peu à peu s'était noué un tel lien affectif entre la garde et l'enfant, que le père avait envisagé de repartir en Angleterre en emmenant avec eux la jeune hindoue. Ce projet s'est avéré impossible et la petite Muriel a dû quitter définitivement sa première nurse. Apparemment cette séparation n'a jamais marqué l'enfant.

Le souvenir de ces premiers mois de la vie de Muriel Cahen s'est associé aux mots du rêve que j'écrivais sur le papier. Une fois la séance terminée, et au moment de se quitter, je lui dis en lui donnant le papier sur lequel j'avais transcrit ces phonèmes étranges : « Voici la phrase telle que je l'ai entendue et notée. Ce serait tout de même curieux si les sons entendus dans le rêve, étaient des mots dérivés de la langue du pays où vous avez vécu vos premiers mois. » Cette idée lui a beaucoup plu, à tel point qu'elle est allée auprès d'un résident hindou de la cité universitaire qui l'a orientée finalement vers un compatriote parlant le dialecte de la région où le père de Muriel avait été nommé en mission. En lisant les mots inscrits sur le papier, l'étudiant hindou se mit à rire et à expliquer à Muriel que ces mots correspondaient justement à une expression populaire employée par les nounous pour dorloter les bébés : « Les yeux de ma petite fille sont plus beaux que les étoiles. » Mais le plus étonnant est ce qui a suivi cette découverte incroyable. Quelques jours plus tard, la maladie de Muriel s'est aggravée avec l'apparition d'une paraplégie indolore. Ses jambes ne la portaient plus, elles étaient immatures comme le sont celles d'un bébé porté dans les bras. L'enfant marche avec les jambes de sa mère, et c'est ainsi qu'il faut concevoir la logique de l'image du corps comme étant une image greffée sur l'image du corps d'un autre : la partie supérieure de l'enfant soudée pour la déambulation dans l'espace à la partie inférieure du corps de l'adulte. Précisément, dans le rêve de Muriel, les mots à la sonorité bizarre ne représentaient-ils pas le raccordement reliant l'image du corps du bébé, – inachevée au niveau du schéma corporel du bassin et des jambes – , à l'image support de la jeune hindoue ; véritable mère porteuse de l'enfant avant qu'il ne sache marcher. Or, le bonheur indicible, éprouvé durant le rêve n'était rien d'autre que le retour de la tendresse fusionnelle entre une mère porteuse qui parle et un bébé immature qui sait écouter.

J.-D. Nasio : Le moment est venu d'interrompre notre rencontre. Mais auparavant j'aimerais dire combien cette expérience passionnante que tu viens de nous rapporter semble un appel, non seulement à poursuivre une recherche sur la fonction du corps de l'analyste, mais aussi à écouter nos analysants d'une place où l'image de notre corps soit capable de la plus grande souplesse. J'ai eu, en effet, l'impression que tu avais entendu ces mots du rêve avec la même image du corps qui habitait le bébé lorsqu'il écoutait le chant de la berceuse hindoue. Mais ne faudrait-il pas aller jusqu'à dire que l'image du corps de l'analyste ou encore celle du bébé, est autre chose qu'une plaque sensible préexistante aux messages signifiants qu'elle enregistre ; elle est engendrée par le message lui-même. Je veux dire que le corps de l'analyste, plutôt l'image du corps de l'analyste n'existait pas avant que les mots de Muriel ne soient rêvés. En somme, le corps de l'analyste n'aurait d'autre existence, d'autre âge, lieu ou forme précise que dans le message où il s'actualise. Mais laissons là suspendues nos interrogations jusqu'à les retrouver dans le travail ordinaire avec nos patients ou peut-être dans une réflexion future. Je remercie vivement

L'ENFANT DU MIROIR

Françoise Dolto d'avoir accepté d'être parmi nous ce soir, et vous remercie de votre présence attentive qui a su soutenir notre échange.

Le Travail psychothérapeutique

Ce texte de M*me* Dolto, datant de 1959 et paru dans les Cahiers de Psychopédagogie, a le double intérêt de traiter de façon très éclairante l'activité psychothérapeutique dans les dispensaires et C.M.P.P. ; et de reprendre de manière détaillée le contenu des séances de la cure d'un enfant de huit ans.

Les prémices, diagnostic.
Indication du traitement.

Des parents, mus par leur propre inquiétude ou sur le conseil d'un professeur, conduisent leur enfant dans un centre psychopédagogique. Après un entretien avec eux (avec l'un d'eux seulement, hélas, le plus souvent), un examen général médical de l'enfant fait le bilan de son état de santé physique. Puis on procède à un examen psychologique portant sur les performances intellectuelles et scolaires comparées dont il est capable, sur les conflits affectifs que peuvent mettre en évidence divers tests projectifs. Ces examens permettent d'apprécier les anomalies ou les déficiences comparées aux résultats habituels des sujets de son âge. Les tests projectifs peuvent ou non révéler les échecs ou les symptômes nerveux que l'enfant présente. Tout cela a déjà demandé deux ou trois séances.

TRAVAIL PSYCHOTHERAPEUTIQUE

Puis on convoque les parents impatients d'une solution rapide et, souvent, le responsable du centre ou l'un de ses assistants leur dit en quelques phrases à peu près ceci : « Oui, votre enfant ne travaille pas, mais il n'est ni paresseux, ni sot, il ne peut pas utiliser ses capacités », ou bien : « Votre enfant n'a pas de troubles de l'intelligence ni de la santé physique mais il est très en retard au point de vue émotionnel, il ne peut pas dans ces conditions supporter les contacts des enfants de son âge sans risques, il n'a pas le sens moral formé ; ou bien : votre enfant est écrasé par une conscience malheureuse, il s'épuise en sentiments de culpabilité irraisonnés. »

Que faire alors ? Une seule solution : une psychothérapie. Et les parents d'interroger : qu'est-ce donc qu'une psychothérapie ? Est-ce long ? Est-ce qu'on ne peut pas venir lui faire cela à la maison ? Est-ce que cela ne s'arrangerait pas tout seul ? avec des piqûres – un changement d'air – un déplacement ? La famille ne lui réussit peut-être pas ? Nous pouvons changer notre façon de faire. Bref, les parents s'affolent, regrettent déjà d'être venus consulter. Le mot les inquiète, la chose encore plus, le mystère des entretiens fréquents avec une personne qu'ils ne connaissent pas, l'influence qu'elle pourrait prendre sur lui. Il semble qu'on va leur prendre leur enfant. Tel est dans ses grandes lignes le comportement des consultants, ce qu'ils éprouvent souvent, même s'ils ne l'expriment pas.

Le premier contact avec le psychothérapeute.
Son importance.

Généralement, après hésitation, le premier rendez-vous de psychothérapie est pris. Il s'agit encore d'une nouvelle personne, non encore rencontrée. Comment va se passer ce premier entretien ? De lui, peut-on dire, va dépendre le sens qu'auront pour l'enfant, sa famille et son entourage, ce travail psychothérapique, cette récupération de la disponibilité émotionnelle actuellement bloquée dans une attitude stérile, néfaste ou régressive.

Certains parents ont déjà préparé leur enfant : « Tu verras, ne t'inquiète pas (y pensait-il ?), c'est simplement jouer et dessiner avec un monsieur (ou une dame) très gentil qui aime beaucoup les petits enfants. » Ou, s'il est plus grand : « C'est quelqu'un qui te montrera comment il

TRAVAIL PSYCHOTHERAPEUTIQUE

faut faire ton travail, qui te donnera de bons conseils, qui te questionnera. » – « Mais non, tu n'es pas fou ! c'est seulement tes nerfs qu'il faut soigner... »

Voilà d'abord ce que le psychothérapeute doit savoir en interrogeant les parents : « Qu'avez-vous dit à votre enfant sur les raisons de votre venue au centre ? Que lui avez-vous dit aujourd'hui pour l'amener à sa première séance de psychothérapie ?

– Et qu'a répondu l'enfant à vos informations ?

– Quelles sont les personnes qui sont au courant ?

– Quel est leur avis sur votre décision de le faire soigner ? »

S'il s'agit d'une grand-mère, d'un grand-père ou d'un parrain ou d'une marraine, de personnes qui ont de l'importance et doivent la garder dans la vie émotionnelle de l'enfant – même s'il s'agit d'une vieille servante dans la famille depuis très longtemps, il faut le savoir pour en tenir compte. Ceci est très important, car l'intégration d'une personne au groupe familial depuis longtemps est signe qu'elle y vit en symbiose, même s'il s'agit d'une vieille amie qui fait couple avec son ascendant, ou d'un ou d'une célibataire très fréquemment à la maison. Un petit mot de compréhension est dit à l'égard de cette personne si elle est négative au traitement, on peut même solliciter sa venue comme accompagnatrice un jour, pour apporter au thérapeute ses propres observations.

Le psychotérapeute prend alors connaissance approfondie, en compagnie des parents, du dossier qui a été préparé. Il le lit presque tout haut, demandant çà et là des détails, des précisions. Il rajoute en marge tout ce qui lui est dit de différent ou de nouveau. Il est extrêmement fréquent qu'à la première visite, il n'ait été donné aucun détail sur la grossesse, l'accouchement, sur les premières réactions de l'enfant, sur les ascendants, leur caractère, leur influence sur les parents, sujets qui avaient semblé de pure indiscrétion au début, sur l'incidence des dates de décès familiaux avec les dates importantes de la vie du sujet, sur les petites absences de la mère au cours de la première année, sur les réactions de l'enfant à son retour – sur le caractère des enfants qui précèdent et suivent celui qu'on va traiter, sur leurs ententes ou mésententes, sur les modes de réaction aux naissances, aux décès, aux séparations, aux frustrations imprévues. Il faut ajouter le plus de détails possibles sur les rythmes végétatifs et leur variation au cours de la vie de l'enfant : alimentation, toilette, sommeil, fonctionnement digestif. Jusqu'à quel âge la mère s'en est-elle préoccupée ? S'en préoccupe-t-elle encore – et le père ?

Il faut savoir aussi quelles sont les règles de conduite demandées à l'enfant et quelles sont les sanctions. Sont-elles efficaces ? Sinon, pourquoi les continue-t-on ? Le rôle éventuel de l'éducation du père ou de la mère et de sa fixation à un parent qui agissait de même avec lui. Avait-il trouvé cela secourable pour lui-même ?

S'informer aussi sur l'école. Quel maître a-t-il ? L'apprécie-t-il ? Le rôle qu'ont les parents vis-à-vis des devoirs et des leçons. L'argent de poche, leur opinion à ce sujet, d'une façon générale, est-elle basée sur leur propre jeunesse ? Avaient-ils cherché le système le meilleur ou l'ont-ils appliqué par routine ?

Les connaissances de l'enfant concernant la vie sexuelle ? Leur opinion sur ce sujet, leurs raisons ?

TRAVAIL PSYCHOTHERAPEUTIQUE

Et puis, à qui de votre famille ou de la famille de votre conjoint trouvez-vous que ressemble l'enfant ? Depuis quand êtes-vous inquiet pour lui ? Vous et votre conjoint avez-vous des vues communes sur les questions d'éducation ? L'enfant est-il différent avec chacun de ses parents lorsqu'ils ne sont pas ensemble ? Se fait-il des amis, comment les choisit-il ?

Enfin, à votre avis, quel devrait être le but du traitement ? Il est rare qu'à cette question les parents répondent par une réponse positive et concernant l'enfant. On entend plus souvent « qu'il ne... plus et qu'il réussisse en classe » plutôt que : « qu'il retrouve la joie de vivre et de réussir dans la voie qui lui convient ».

Vient en fin de cet entretien la grande question : celle des parents qui se sentent toujours fautifs d'avoir manqué leur éducation et qui voudraient des conseils. Que devons-nous faire maintenant, disent-ils ? Ne faut-il plus gronder ? Le punir, etc. La seule réponse à leur faire est celle-ci : « Restez parents, ne démissionnez pas parce que l'enfant va suivre une psychothérapie. Bien au contraire, c'est maintenant qu'il faut maintenir votre autorité, même si parfois cela peut paraître maladroit ou provoqué par l'enfant. Si ce dernier provoque, c'est qu'il en a besoin. Ne changez rien. Et dites-le également au maître ou à la maîtresse. »

Ce dernier point est nécessaire car je me suis aperçue souvent que l'enfant venu au traitement, sur le conseil de ses maîtres, est ensuite, la plupart du temps, soumis à un système de faveur dans la discipline. Tout ce qu'on essayait avant pour aider l'enfant était plausible. Mais maintenant qu'il est en thérapie, au contraire, les parents doivent vivre aussi spontanément qu'il leur est possible avec lui, et

TRAVAIL PSYCHOTHERAPEUTIQUE

l'éducateur doit avoir pour lui le même règlement que pour tous. Ils restent les responsables, les uns à la maison, les autres à l'école ou au patronage. Ils doivent rester libres de leurs idées, de leurs méthodes. Ils sont les images majeures par rapports auxquelles l'enfant doit continuer sa structuration.

Les parents font ce qu'ils peuvent comme tous les parents. Il est fréquent de confondre le rôle idéal de parents avec celui effectif de pédagogues ou « d'éducateurs ». Or, leurs façons d'être vis-à-vis de l'enfant ne sont absolument pas superposables, ni même compatibles. L'enfant est chair de sa chair pour un parent, il n'est qu'un élève pour le maître : donc aucune commune mesure. Les éducateurs pédagogues appliquent méthodes et règlements en vue de l'intérêt du groupe auquel est mêlé l'enfant et visent un apprentissage, soit d'une technique, soit d'une discipline.

Le psychothérapeute n'est là que pour aider l'enfant à se libérer des dégâts émotionnels se rapportant à ce qui s'est passé antérieurement, oublié ou non. Mais, de tout ce qui se vit actuellement, la psychothérapie est l'élément le plus accessoire, car ce ne seront plus que des faits réels, et les apporter dans ces séances sera le moyen le plus vivant de leur ôter tout leur danger. Cela il faut le dire et le redire. Un psychothérapeute, c'est tout le contraire d'un professeur ou d'un maître à se conduire. Ou du moins, s'il l'est, c'est *indirectement* parce qu'il donne l'occasion d'exprimer et de soulager les angoisses dues à des événements traumatisants ou éprouvants en leur permettant de se revivre émotionnellement dans la situation patient-psychothérapeute.

Certains, dont je suis, demandent, corollairement à cette

pleine liberté de mouvements et de propos laissée aux parents, que ceux-ci dorénavant, quand l'enfant viendra seul, lui donnent un petit mot relatant les principaux incidents survenus entre les séances et qu'ils n'hésitent pas à revenir me voir dans le cas où ils voudraient savoir où en est le traitement, plutôt que de questionner leur enfant que cela dérangerait peut-être, en tout cas n'aiderait pas.

Par contre, qu'ils n'empêchent pas l'enfant de leur parler des séances s'il le fait spontanément et qu'ils ne s'étonnent jamais de propos parfois ahurissants que l'enfant prêterait au psychothérapeute. Cet avertissement est nécessaire dans certains cas de névrose obsessionnelle par exemple, où l'imagination du sujet est tellement bloquée que, le jour où le traitement libère les refoulements des phantasmes très infantiles, l'enfant peut en être si inquiet qu'il projette presque en toute bonne foi tout ce qu'il pense ou fabule dans la bouche de l'analyste, à moitié pour se permettre de le penser et parce que, dans son esprit, c'est une réminiscence de sa présence avec le thérapeute avec qui, s'il était là, il pourrait dire tout sans culpabilité, à moitié parce qu'il veut se faire interdire par ses parents de continuer à venir chez quelqu'un de trop permissif (en mots) et qui remet en question tout leur système d'adaptation que l'enfant a vis-à-vis du monde.

Nous disons, dans notre jargon de psychothérapeute, qu'il s'agit dans le premier cas d'un « acting out », dans le second « d'une résistance ». Exemple : ce petit garçon dont le père était toujours absent, qui avait bouleversé mère et grand-mère en disant de moi : « Eh bien, Mme D., elle m'a dit que tu devrais prendre un autre mari quand papa s'en va », et cette petite fille : « Mme D. m'a dit qu'elle me donnera un truc pour quand je serai grande et je pondrai tous les jours des enfants sans graine de mari parce qu'elle trouve ça dégoûtant comment papa fait avec toi. »

Il est certain que, non prévenus (et même prévenus !), cela peut affoler des parents habitués à des enfants fermés, timides, trop sages. Dans le premier cas, il s'agissait d'un petit tiqueur à terreurs nocturnes ; dans le second, d'une fillette de huit ans aînée de quatre et seule fille, énurétique, ombrageuse, susceptible, toujours victime muette à l'école et jusque-là pleine d'attentions touchantes pour sa mère, rougissante, fermée et pleurnicheuse dès qu'apparaissait son père.

Cette première entrevue du psychothérapeute avec les deux parents est longue, près d'une heure, et si l'un des deux seulement s'est présenté, il doit être expressément dit que l'autre était attendu et qu'il devra venir.

Il est des cas assez fréquents où la mère dit : « Mon mari me laisse toute l'initiative, il est d'accord avec moi mais il n'avait pas le temps de venir aujourd'hui », ou bien, avec une nuance : « Il me laisse toute l'initiative, il n'y croit pas, mais il veut tout ce qu'on veut. » Attention, ces pères-là ont des raisons de ne pas « y croire » et c'est le rôle du psychothérapeute de ne pas aller plus loin sans les voir et connaître leur point de vue.

Au premier type de père, nous écrivons une lettre personnelle : « Monsieur, j'ai regretté qu'aujourd'hui, etc. mais il est indispensable que nous trouvions un moment pour nous rencontrer avant que je puisse faire le moindre travail utile pour votre enfant. »

Au second type de père, nous adressons à peu près la même lettre, mais en ajoutant : « Votre femme dit que

TRAVAIL PSYCHOTHERAPEUTIQUE

vous lui faites toute confiance mais il ne s'agit pas de confiance, il s'agit de ce qu'une mère ne peut en rien remplacer un père et que pour moi je ne m'occuperai de votre enfant – si c'est une fille – que si vous êtes venu me voir, me parler de votre point de vue et que nous cherchions la meilleure solution » ; et si c'est un garçon : « que si vous êtes vraiment d'avis qu'il lui faut une psychothérapie et que nous ayons discuté ensemble de savoir s'il ne lui serait pas préférable de la faire avec un homme ». « Pour un fils, le père doit connaître le psychothérapeute et décider du travail, sinon votre enfant peut se croire engagé dans une voie où les femmes doivent seules décider de son destin. »

Je n'ai jamais vu un père, soi-disant indifférent ou opposant, qui ne me téléphone dans les vingt-quatre heures pour me voir, très heureux, dit-il, qu'enfin on ne lui dise pas qu'il est de trop !

Je reviens à cette première entrevue qui, en principe, groupe les deux parents depuis près d'une heure avec le psychothérapeute pendant que l'enfant attend à la salle d'attente.

Il s'agit maintenant de mettre très clairement les choses au net avec l'enfant que je prends seul, si ses deux parents étaient venus décidés déjà à assumer le traitement. Sait-il qui je suis ? Pourquoi est-il venu ? S'il dit non, je le renvoie à ses parents pour qu'ils le lui expliquent. Il revient répétant ce qui lui a été dit. Bien, voilà la raison pour laquelle tes parents sont inquiets et veulent te faire aider, mais toi, que crois-tu ? Que penses-tu ? As-tu besoin qu'on t'aide ? Es-tu content, toi, comme ça ? C'est toi et pas eux que tes parents me demandent d'aider, mais peut-être toi, penses-tu que tu n'en as aucun besoin ? Ainsi s'engage un colloque clair où l'enfant peut parler de ce qui ne va pas à ses yeux et il peut se confier. Puis, avant même qu'il ait pris une décision qu'il ne doit pas prendre à la légère, je lui offre de connaître les résultats de l'examen qu'il a passé ainsi que l'essentiel des choses que ses parents m'ont dites le concernant.

Il y a des cas où l'enfant mis devant sa responsabilité ne sait que décider, ni s'il doit accepter ou refuser ; mais il veut bien revenir car la franchise de ce colloque, après s'être cru dans un guet-apens l'a surpris, et l'idée de se sentir plus heureux l'intéresse. Il y a des cas où l'enfant dit : « Il faut bien que je leur obéisse. » Dans ces deux cas je propose trois séances à l'essai après quoi nous déciderons.

Dans le cas où l'enfant est franchement négatif, je respecte son refus et faisant revenir les parents, j'assume la décision de surseoir pour le moment à un traitement direct de l'enfant qui s'y oppose, mais je donne rendez-vous à la mère ou aux deux parents devant l'enfant pour qu'ils viennent à la place de l'enfant (ou avec lui si ce jour-là l'enfant a changé d'avis, ce qui arrive souvent) pour que nous parlions de ce qui se sera passé entre-temps. Il est dit expressément que l'enfant ne sera soigné que s'il le désire personnellement.

Il y a des enfants phobiques qui disent : « Je ne reviendrai que si maman assiste. » Sans répondre alors, je donne le rendez-vous suivant. Il y en a de butés qui disent devant leurs parents, coupables et bravaches à la fois : « C'est pas moi, c'est papa – ou maman – qui a besoin d'être soigné. » Ce sont les cas les plus sthéniques. Il est facile de demander à un tel enfant s'il a eu cette idée tout seul ou si

TRAVAIL PSYCHOTHERAPEUTIQUE

c'est quelqu'un qu'il aime bien qui le lui a suggéré. Généralement pas de réponse, sauf parfois celle d'une mère outrée contre une grand-mère qui le lui rend bien et qui explose, sachant très bien par qui l'enfant est « soutenu contre elle ». Il est alors facile de répondre à cet enfant : « Eh bien, si vraiment tu veux qu'on aide ton père ou ta mère, viens et nous verrons ensemble comment tu peux les aider alors qu'eux pensent que c'est toi. En tout cas, c'est toi qui es le malheureux à la maison dans cette histoire et tu serais peut-être plus malheureux d'être mis en pension comme tes parents pensaient le faire avant de venir ici. » « Et comment ça sera que vous me soignerez ? » « Je t'écouterai et je chercherai avec toi à comprendre ce qui t'empêche de... (te faire des amis... de réussir tes classes... de parler comme les autres, etc. de dormir tranquille... qui t'oblige à voler, à te faire détester...) Tu me parleras en mots, en dessin, en modelage, en me racontant tes rêves. » Il lui est alors donné connaissance devant ses parents de ce qu'est le secret professionnel avec l'assurance que, même à ses parents qui paient, je ne répèterai pas ce qu'il m'aura dit. Mais que, par contre, tout ce que ses parents me diront et qui pourra lui être utile à savoir, je le lui dirai. D'autre part, il est libre de parler, lui, de ce qu'il m'aura dit à ses parents, mais il saura que je les ai priés de ne pas le lui demander d'eux-mêmes. Il vaudrait mieux qu'il ne parle de moi qu'à moi-même. Son traitement irait plus vite.

Dans le cas où le père n'est pas présent, l'entretien avec l'enfant se passe devant la mère. Au début un peu semblable, puis évoluant : « Sais-tu pourquoi ton père n'est pas venu aussi ? » Regard de l'enfant vers la mère – qui est ainsi invitée à lui donner une réponse.

TRAVAIL PSYCHOTHERAPEUTIQUE

Puis, j'explique que, « comme il n'est pas question de rien faire sans l'avis et le désir du père, je lui ai écrit cette lettre que ta maman lui remettra et nous verrons si lui veut aussi que je m'occupe de toi. Toi-même, tu auras ton avis à donner aussi mais pas avant la décision de ton père. Si ton père refuse et que toi tu désires être aidé, – ici résumé rapide des résultats de tests – tu essaieras toi-même d'obtenir de lui qu'il accepte. S'il trouve que c'est trop cher (dans le cas où la consultation serait en ville), tu lui diras qu'à la consultation, tu pourrais être soigné aussi, à des heures peut-être moins commodes mais aussi bien, et je suis sûre que si toi et ta maman vous êtes décidés, alors tu réussiras à fléchir ton papa. »

On décide du rythme des séances – une fois par semaine, par quinzaine ou par mois suivant le cas. Je termine toujours en disant le prix que coûtera chaque séance. C'est naturel que des parents aient le désir d'aider leur enfant ; lui aussi, quand il sera parent, le fera pour ses enfants.

Et le cas des parents divorcés ? Eh bien, c'est exactement la même chose. Dès la demande du premier rendez-vous, je sollicite la venue des deux parents si c'est possible. Sinon, et si le parent qui n'a pas la garde de l'enfant est au loin, le traitement est commencé mais, à chaque séance, on parle de la lettre partie et dont on attend la réponse. Bien entendu, si la mère est remariée, ou le père, et que le second conjoint serve ou non de père effectif à l'enfant, sa venue est très bien vue et même sollicitée mais, en aucun cas, il ne vient en remplacement du géniteur, qui doit garder son rôle primordial.

Et les demi-orphelins ou les orphelins complets ? Là, le

problème est différent et ce sont les personnes ou organismes responsables que l'on voit la première fois, et par la suite, au moins par téléphone s'ils ne peuvent ou ne veulent se déranger, les correspondants familiaux ou extra-familiaux chez qui sort l'enfant lors de certaines fêtes et chez qui il trouve des objets de transfert œdipien.

Si je me suis étendue sur cette première séance c'est qu'elle est, à mon avis, la pierre de touche pour un traitement. J'ai vu des enfants avoir été deux ans en psychothérapie et en avoir été améliorés. Puis on a cessé le traitement. J'ai eu l'occasion de les revoir pour des difficultés à peu près semblables acquises deux à trois mois après l'arrêt du traitement parce qu'il n'y avait pas eu prise en charge morale par l'enfant lui-même de son propre traitement. Il n'avait pas été clairement exprimé que le pschothérapeute faisait un métier payé, et que lui, l'enfant, avait son mot à dire au départ comme à tout moment sur le sens du travail entrepris et que, pour le cesser, il avait lui aussi à exprimer son avis et à constater que ce travail était terminé.

En voici un exemple : « C'était le maître qui avait parlé à maman de la consultation où était la dame (la psychotérapheute). Je voyais cette dame deux fois par semaine. Je dessinais. Elle disait rien. Ça m'amusait. Un jour avec maman, elles ont parlé comme ça que c'était plus la peine. – C'était une peine ? – Non, c'est pas ça, qu'il fallait plus que j'y aille. – Pourquoi ? – Ah ça, moi je sais pas, demandez à maman. – Et ton père ? – Papa ? Oh ! lui, papa, y savait pas. On lui avait jamais dit. – Ah ! pourquoi ? – Parce qu'il dit toujours que maman a des idées, qu'elle ferait mieux de ne pas s'occuper de tout ça... qu'on est comme on est, et que moi je suis un bon à rien comme

TRAVAIL PSYCHOTHERAPEUTIQUE

l'oncle un tel. – Et toi ? – Oh ! moi, je ne sais pas. J'attends. – Tu attends quoi ? – Quand je serai grand, que je pourrai m'en aller... – T'en aller où ? – Je sais pas. Loin, un endroit où on gagne de l'argent. Papa il dit que s'il n'était pas marié, il serait allé loin et qu'il serait riche. Et puis je leur en enverrai à mon père et à ma mère et ils verront que je suis pas un bon à rien. » Silence. Grosses larmes... mouchoir. Silence.

Je ne l'interromps pas, puis, sans rien dire, près de l'enfant toujours silencieux, j'écris au père et je dis à l'enfant, après ce long silence plein : « *Tu donneras, toi, cette lettre à papa, il ne sait pas que tu l'aimes autant. Tu la donneras à papa toi-même et tu lui diras, toi, de me téléphoner.* » Et à la mère je déclarai : « *Votre fils décidera avec son père. Vous avez bien fait de le ramener, mais il est trop grand à douze ans pour que nous décidions sans son père du moindre travail psychothérapique.* »

Ainsi, après deux ans de séances de psychothérapie, le principal du travail était à faire. Il fallait établir le contact direct du père et du fils, le colloque entre les deux parents avec le thérapeute, pour que cet enfant et ce père puissent résoudre leur complexe d'Œdipe réciproque. L'oncle un tel, auquel le père se référait en pensant à son fils, c'était le frère du grand-père paternel, lui-même mort quand le père avait dix ans. Cet oncle, non seulement n'avait jamais aidé son neveu ni sa belle-sœur, mais, au contraire, il les avait lésés dans les héritages. Il fallait que le père et la mère puissent se dire devant un témoin-tampon leur déception réciproque, se dire aussi que cette déception était l'envers persistant de la grande tendresse maladroite dont l'un et l'autre avaient besoin pour que tous deux retrouvent le droit de vivre en se connaissant enfin. Et qu'ils s'éprouvent valables l'un pour l'autre malgré les difficultés éprouvées face à l'éducation de l'enfant.

Les séances de traitement.

Voici le traitement engagé sur des bases claires. En quoi va consister le travail psychothérapique ? Me voilà bien embarrassée car aucune séance ne ressemble à une autre, aucun traitement à un autre, ni dans son déroulement, ni dans sa durée. Et puis l'âge et le caractère des enfants ainsi que les troubles dont ils souffrent font aussi beaucoup varier le type du contenu des séances.

Quels que soient les troubles de l'enfant, l'hypothèse générale est qu'il souffre d'une angoisse de culpabilité inconsciente dont les symptômes sont à la fois la preuve et le moyen que sa nature livrée à elle-même a trouvés pour canaliser cette angoisse et l'empêcher de détruire plus gravement l'équilibre de sa santé. Ce n'est pas l'intensité des troubles qui fait la gravité d'un cas, c'est leur

TRAVAIL PSYCHOTHERAPEUTIQUE

ancienneté, je veux dire par là non pas l'ancienneté de tels ou tels symptômes mais l'ancienneté d'un état souvent polymorphe de difficultés émotionnelles variées et changeantes mais qui remonte loin.

Un enfant qui n'a eu aucun trouble de l'appétit, du sommeil, de la joie de vivre et de prendre contact avec le monde extérieur, adultes et enfants, jusqu'à trois ans révolus est, en principe, un cas grave quelle que soit l'apparence du cas au moment où l'on décide de le soigner.

Les troubles qui ne sont apparus qu'après sept ans sans qu'il n'y ait vraiment rien eu à signaler dans l'adaptation à lui-même et à la société auparavant, sont, en principe, des cas bénins.

Il y a malheureusement trop de cas qui sont graves et qui auraient été bénins s'ils étaient pris assez au sérieux tout de suite. Je pense aux réactions dites de jalousie du puîné quand l'aîné n'a pas encore trois ans. Elles font, quand elles ne sont pas complètement surmontées [1] en trois mois, le lit de très graves névroses tardives car elles sont généralement l'occasion d'un écartèlement de la personnalité du grand qui joue au beaucoup plus grand, devient verbalement et mentalement un enfant raisonnable et précoce et qui écrase littéralement sa vie émotionnelle parce que, plus il s'identifie à un grand, moins il peut traduire les sentiments aigus de désarroi dans lequel le met la vue de ce petit qui est aimé et aimable pour des valeurs qu'il admet logiquement de moins en moins.

1) *Nota :* Surmonté veut dire que le grand est devenu gentiment indifférent au petit, sauf quand ils sont seuls hors de la famille. Là, le grand peut alors sans danger, face au monde social, être grand frère ou grande sœur momentanément protecteur, mais à condition qu'aucune grande personne parentale ne soit témoin.

TRAVAIL PSYCHOTHERAPEUTIQUE

Il éprouve alors des sentiments d'hostilité complètement incompréhensibles pour lui et il se croit méchant. Si à son insu un geste brutal ou maladroit lui échappe enfin à l'égard de son frère et qui le libérerait, le voilà qui se sent affreusement coupable. Et lui-même, à l'image d'une grande personne, il se critique sauvagement. Il veut alors effacer la méchanceté par un acte généreux, consolateur vis-à-vis du petit qui le détruit encore plus car, avant sept ans, jouer les sentiments maternels ou paternels est un exercice dangereux. L'enfant est encore dans la période de vase communicant avec qui il aime, et aimer un plus petit que soi vous menace donc de régression infantile.

Le matériel qui sert à la psychothérapie est assez varié suivant les psychothérapeutes – guignols, cubes, objets usuels réduits, modelage, peinture, crayons de couleur – tout ceci n'ayant pour but que de libérer la verbalisation des affects, de permettre l'expression des conflits et des tensions de l'enfant. Pour ma part j'utilise les crayons de couleur et le modelage. Le thérapeute intervient au minimum, et seulement pour permettre l'expression la plus achevée, la plus émotionnelle des difficultés et des conflits de l'enfant avec lui-même ou avec son entourage. L'attitude permissive de tout dire, de tout représenter, mimer, inventer (mais non de tout faire),cette attitude non moralisatrice du thérapeute est essentielle, donc tout à fait particulière et différente de l'attitude que doivent avoir les parents et les éducateurs. Ces derniers restent la réalité sociale de l'enfant et la lui imposent. Les enfants font très bien (comme les adultes en traitement psychanalytique) la différence entre le travail psychothérapique et la réalité des relations humaines dans la vie sociale. Un exemple fera

TRAVAIL PSYCHOTHERAPEUTIQUE

mieux comprendre cette différence et comment cela se passe en psychothérapie :

C'est le cas de J.P., presque huit ans, qui vient pour terreurs nocturnes, des tics (yeux fermés spasmodiquement) et quelques vols avec dénégations mensongères qui frisent la mythomanie. Les premiers vols sont apparus après la naissance d'un frère, F., vers trois ans. La famille dit ici, comme toujours dans ces cas-là, que les enfants s'adorent et que le grand n'a jamais été jaloux ; mais la date d'apparition des troubles coïncide avec les mois qui suivent la naissance de F. et prouve que c'est précisément cette surcompensation aux troubles normaux de jalousie dont l'enfant n'a pas toléré l'expression qui l'a rendu malade. Le traitement mettra rapidement en lumière d'abord les mécanismes de défense qui confirment l'hypothèse de l'origine. On décide d'une séance par quinzaine.

A la première séance, l'enfant parle beaucoup de son petit frère, combien il est heureux de l'avoir, comme il est drôle, comme il faudra que le psychothérapeute le connaisse, etc. En même temps que l'enfant parle, il fabrique une petite auto, il dit que ce serait pour son petit frère, il raconte comment il le fait jouer. Puis on le voit qui carambole son auto modelage. On lui demande à quoi ça lui fait penser que juste il fait cela pendant qu'il parle du petit frère. Il rit et dit : « Un jour mon petit frère a cassé un jouet mécanique pendant que j'étais à l'école, un jouet que j'avais gardé bien soigneusement. Mais naturellement on ne peut pas le gronder. Il est si petit. – Si petit ? – Oui, il a quatre ou cinq ans. – Et toi, quand tu avais quatre ou cinq ans, est-ce que tu aurais cassé quelque chose à ton petit frère sans le faire exprès ? – Oh ! moi, C'est pas pareil, je suis grand. – Mais quand tu avais l'âge qu'il a maintenant, il y a deux années, tu étais grand ou petit ? – Je

TRAVAIL PSYCHOTHERAPEUTIQUE

sais pas, mais je sais qu'il faut jamais se fâcher contre un petit, c'est maman qui l'a dit et puis papa, et puis le maître, là ! (et l'enfant est à la limite de la tolérance des émois qui ont affleuré). — Oui, je t'embête, je suis une dame embêtante... » Silence. « Je peux m'en aller, madame ? C'est fini ? — On a encore dix minutes. Tu peux t'en aller si vraiment tu crois que tu ne peux plus supporter une dame pareille. Mais tu peux faire un dessin, puisque l'auto, elle est toute en bouillie. » Et les deux, J. P. et la dame, en rient ensemble. « Eh bien. Je vais vous dessiner le petit frère à mon copain. Ce qu'il est laid et puis méchant avec son grand frère. Oh là là, c'est pas comme le mien, lui il est gentil. Et puis ses parents, qu'il m'a dit, ils lui donnent toujours raison. » Et il dessine un bonhomme qu'il ridiculise avec de grandes dents, un grand bâton et de tout petits pieds ; il tient un ballon rouge. « Le voilà le frangin à mon copain. » Et il rajoute un nez sale, des jambes où descendent des traces d'excréments. « Tiens, et il fait dans sa culotte le petit minet à sa maman » (dit-il avec un ton gouailleur). *« Tiens, va chialer ! », et à moi, d'un air de connivence : « Je vais dessiner sa maman. Voilà, elle vient ta maman ! »* (c'est une mégère échevelée avec un martinet). *Et puis, se tournant vers moi : « C'est mon copain qui va prendre parce que son ballon s'est crevé tout seul, mais qu'il va dire à sa maman que c'est le grand qui lui a fait. — Vraiment, voilà un grand frère qui n'a pas de chance »*, dit la thérapeute.

La première séance est finie.

La quinzaine suivante, la maman dit que l'enfant a très bien dormi sans cauchemars, ce qui n'était pas arrivé depuis longtemps. Pour le reste, tout va toujours bien.

La deuxième séance. J. P. arrive et dit : « Aujourd'hui je vais te raconter une histoire de cow-boys. C'est mon copain qui me l'a racontée » (le copain grand frère qui n'a pas de chance). *Suit une*

TRAVAIL PSYCHOTHERAPEUTIQUE

histoire où les Indiens sont dans leur droit, les cow-boys les attaquent pour leur prendre leur trésor. Le shérif se croit malin. Mais un Indien plus malin que les autres, caché dans un rocher, lance une flèche empoisonnée juste entre les deux yeux du shérif au moment où les cow-boys croyaient avoir pris le trésor des Indiens (J. P. a un tic des yeux). Alors le shérif, avant de mourir, dit aux cow-boys, c'est cet Indien-là qui doit être shérif après moi, parce qu'il est le plus fort de tous. « Elle est belle hein ? – Oui. – Dessine-la-moi. » Alors J. P. dessine et il dit en désignant le shérif avec une chemise à carreaux, c'est la même chemise que maman a donnée à papa pour sa fête, moi, j'en ai une aussi, mais elle est pas si belle. Il continue son dessin (j'en passe), le colorie. « Eh bien ! Si toi tu étais dans l'histoire, qui serais-tu ? – Eh ben ! L'Indien qui tue le shérif et qui sera shérif après lui. – Et ton copain ? – Lui, il serait mon second, un Indien aussi, ou bien non, il serait un cow-boy qui aime les Indiens et qui serait régulier avec eux. D'accord il faut qu'ils restent chez eux, mais quand il y en a des bons, faut pas les prendre pour des méchants. Là, leur trésor, il était à eux. Faut leur laisser ou leur acheter, mais pas tout leur prendre. – Et le shérif ce serait qui ? – Je sais pas... Ça fait rien qu'il est mort, puisque l'Indien il sera shérif maintenant et qu'ils seront tous amis... Dites, Madame, je voudrais vous dire quelque chose, mais non je peux pas... – Ne le dis pas. – Si je vous l'écrivais sur un bout de papier peut-être que ça me guérirait, même que vous ne le liriez pas... Je vais l'écrire et vous le lirez quand je serai parti... Parce que c'est une chose que je pense qui me prend quand je le veux pas et je ne peux plus penser à autre chose et alors je suis drôle. J'essaie de pas penser, de pas voir ce que je pense et ça vient devant moi et puis ça n'y fait rien de fermer les yeux, ça vient de derrière la tête. – Oui, c'est très ennuyeux. Mais pourquoi as-tu si peur que je le sache ? – Parce qu'il y a quelque chose qui me dit que si je le dis, ça sera magique. Plus fort encore. Un jour, comme ça, j'ai entendu une dame qui disait : « J'ai

TRAVAIL PSYCHOTHERAPEUTIQUE

rêvé de mort, ça veut dire qu'il y aura un mort ou un mariage. » Et puis, juste ce jour-là, il y a eu un faire-part de mariage qui est arrivé à la maison. – Alors... – Alors c'est pas drôle. – Pourquoi c'est pas drôle un mariage ? – C'est pas le mariage... D'abord moi, je me marierai jamais, les filles c'est des idiotes... Mais c'est parce que des rêves c'est des choses qui font du vrai. – Ah oui ! » La séance est finie. « Je voulais tout de même vous le dire. Oh ben ! non, oh ben ! si. » Et il griffonne quelque chose qu'il raye aussi vite et froisse et déchire et se sauve... En partant « au revoir ! » gai.

Troisième séance. La maman dit, des progrès nets à l'école où il semble retrouver la mémoire, il ne retenait rien. Bonnes nuits, mais des histoires pour un rien avec son père. A chaque chose que son père dit, il lui dit : « C'est pas comme ça. Tu te trompes, n'est-ce pas, maman ? » et, à la fin, mon mari est excédé et cela finit par la mise à la porte de J. P., sans dessert. Il se couche en larmes si son père ne veut pas lui dire bonsoir. Je crains qu'ils ne se prennent en grippe tous les deux. Et quand son père n'est pas là, tout va bien. Jamais il n'avait été comme ça. Il paraît qu'à l'école, il n'a plus de tics, le maître m'en a fait la remarque, mais c'est pire à la maison, surtout à table quand son père est là. Avant le traitement, il n'y avait jamais d'histoires, sauf les chapardages pour lesquels son père le grondait sans insister tellement, il prenait alors l'air idiot, comme arriéré.

Ici, un petit mot de théorie. J. P. avait commencé ses difficultés émotionnelles un peu avant trois ans, à la naissance d'un petit frère, qui coïncidait pour lui avec la période du « non », nécessaire à son évolution. Mais la séparation de dix jours pour l'accouchement de la mère en clinique et qu'il n'avait pas eu le droit de visiter avait dû être prise par lui comme une punition de ses oppositions caractérielles qui, en effet, pour la mère, à son dernier mois de grossesse, la fatiguaient beaucoup et l'énervaient contre l'enfant. A cette époque, il adorait son

TRAVAIL PSYCHOTHERAPEUTIQUE

père et lui obéissait en tout. « Malheureusement mon mari n'a pas pu le garder ces dix jours à la naissance du second. Nous l'avions confié à sa grand-mère, qui ne comprend pas bien les enfants. Il s'est un peu ennuyé, il était très bien soigné pourtant. »

On comprend que J. P. n'ait pas montré de jalousie par la suite, de peur d'être encore séparé de sa maman. Il s'est, au contraire, identifié à elle, a négligé un peu son père et s'est montré maternel avec le petit. Mais l'âge du complexe d'Oedipe est arrivé. Il faut que J. P. aille vers son père, s'identifie à lui, entre en rivalité pour essayer de gagner sa mère, être plus avantagé que le père (avoir une chemise à carreaux plus belle que la sienne), bref, tuer le shérif et gagner sur tous les tableaux, garder le trésor du sauvage et prendre la place du chef social détrôné.

Tous ses conflits avec le père et les larmes si papa n'embrasse pas avant le coucher sont les signes de cette tension ambivalente.

Pour avoir maman, deux solutions ; redevenir le petit frère, ce serait régresser ; ou tuer le père, le ridiculiser, se faire donner raison par maman, ce serait aussi avoir maman... Oui, mais alors se retrouve le danger de mort = mariage, et de cela, il ne veut pas en entendre parler, les filles et les femmes sont (châtrées donc) idiotes.

Donc, nous voici à la troisième séance. J. P. est silencieux. Il fait lentement un modelage représentant un pont qui passe une rivière et un train sur le pont. « Où serais-tu, toi ? – Oh ! Je ne sais pas, peut-être dans un bateau juste sous le pont quand le train passerait. Ça fait du bruit, on a un peu peur ; c'est drôle et amusant d'avoir peur, on se dit si ça tombait et c'est pas dangereux pour de vrai... J'aime bien aller avec papa quand il va pêcher à la ligne. C'est près d'un pont comme ça et mon papa, vous savez, c'est un as, il prend des poissons comme ça (il montre une taille respectable), et les autres à côté, ils ne prennent rien. On rit tous les deux. Papa, il me donnera tous ses trucs quand je serai plus grand. Et si je suis sage, pour ma fête, j'aurai une canne à

TRAVAIL PSYCHOTHERAPEUTIQUE

pêche, avec des hameçons et une boîte pour des vers et une gibecière que maman me fera pour rapporter mon poisson. Vous, bien sûr, vous êtes une dame, ça n'y comprend rien aux choses d'hommes, la pêche c'est pour les hommes ! Vous êtes triste que vous serez jamais un monsieur ? Parce que moi, je me rappelle, j'étais triste que je serais jamais une maman. Je trouvais que les mamans c'était mieux que les papas. Maintenant, ça dépend des jours. – Tu aurais voulu être une fille ? – Non, pas une fille, une maman... Ah ! Oui, c'est vrai, les mamans c'est des filles... Oh ben ! Non alors... ce que j'étais bête. Les papas c'est bien mieux. Et pis, quand ça gronde, ils vous consolent pas après... – C'est mieux, tu trouves ? – On a bien de la peine, mais on se dit qu'ils ont raison, pas vrai c'est eux les plus forts. Alors, ils ont raison. Mon papa, il se trompe jamais, tout ce qu'il dit c'est vrai. Maman, si je dis quelque chose et que je lui dis : n'est-ce pas, maman ? Elle répond toujours : mais oui, tu as raison. Les femmes, c'est comme ça. On a toujours raison. Mais alors si on se trompe... Papa, lui, il me dit non, tu ne sais pas, moi je sais. Ça m'ennuie des fois, mais je lui dis jamais que ça m'ennuie (en baissant le ton) il pourrait me tuer... – Te tuer ? – Oh ! oui, il est très fort, vous savez. Un jour, il a cassé un arbre pour faire du feu. Eh ben ! mon vieux... (geste de la main secouée). S'il y avait un ennemi, il le tuerait comme ça, d'un coup de poing... Moi je l'aime bien, mon papa.. » Silence.

Il se met à dessiner un soldat. « *Eh ben ! Vous savez, l'autre jour, ce que je voulais pas vous dire, eh ben ! c'est pas revenu. Oh ! je peux vous le dire aujourd'hui, ça m'est égal. C'était comme ça un accident qui arrivait à mon papa. Après je savais pas qu'il était mort. C'était qu'il avait les deux jambes coupées, ou la tête, ou qu'il était écrasé par une maison qui tombait quand il passait. Eh ben ! C'est fini. – Et qu'est-ce que tu avais écrit sur mon papier que tu as rayé après ? – J'avais mis « papa il est tué ». Silence... « C'est drôle, vous trouvez pas, qu'on a des idées comme ça... »* Il dessine un avion, en hésitant, le

TRAVAIL PSYCHOTHERAPEUTIQUE

barre, le recommence, change de papier. Non, une fusée, non c'est trop difficile parce que ça monte en l'air. Recommence l'avion et il n'y a jamais assez de place sur le papier pour que l'avant (ou l'arrière) soit dans la feuille en même temps.

La thérapeute : « Qu'est-ce que ça te fait penser un avion qui a pas de tête ou qui a pas de queue ? – C'est papa ! Il dit que ce que je raconte ça n'a ni queue ni tête. Oui, mais quand il était petit, y avait pas de fusées. Ils étaient moins malins les gens avant. Il savaient pas faire la guerre avec des bombes atomiques. Ils avaient que des fusils et des canons. Mais alors, nous on est plus malins qu'eux, pas moi, mais quand je serai grand, j'inventerai des choses que papa il sait pas. Papa, il me dit que grand-père, quand il était petit, il n'y avait pas d'avions, pas d'électricité, pas de Tour Eiffel, pas d'autos, rien quoi. Ce qu'ils étaient bêtes. »

On voit dans cette séance l'ambivalence vis-à-vis du père, l'angoisse de castration, toutes les angoisses de castration, celle de n'être pas maman, celle de risquer d'être fille, le besoin de dépasser le père et celui de ne pas tuer. De s'identifier à lui et de le craindre jusqu'à l'éventualité de la mort, car pour devenir fort il faut introjecter quelqu'un de fort. (« A vaincre sans péril, on triomphe sans gloire. »)

Quatrième séance. La mère nous dit que J. P. ne veut plus venir, il dit que ça ne sert à rien, qu'il nous raconte des histoires, qu'il fait des dessins et qu'il n'a plus d'idées. « Et puis, c'est une dame qui dit que ça fait rien si les parents « i » meurent, et que les enfants c'est plus malin que les parents. » Mais la maman est contente ; les tics ont disparu. Avec le père, ça va bien. C'est avec elle que ça ne va plus. Il lui dit tout le temps : « Ça te ferait de la peine si je mourais ? ou si F. (le petit frère) mourait ?... » « Parce que si ça arrivait un jour... » Et il veut savoir si sa maman aura un autre enfant, une petite sœur, et comment elle ferait. La mère me dit qu'elle n'a pas caché que le petit frère était dans

TRAVAIL PSYCHOTHERAPEUTIQUE

son ventre avant la naissance et elle avait même dit qu'il fallait un papa. Elle n'en avait pas dit davantage – que répondre maintenant ? La thérapeute dit à sa mère de tâcher de mettre la question en route devant le papa et de les laisser continuer tous les deux le sujet, entre hommes. La mère ajoute : « Nous sommes bien petitement logés, je ne crois pas que nous en aurons d'autres. Pourtant, nous aimons les enfants. » La maman nous quitte et c'est le tour de J. P. Il entre très content, pressé de s'installer. « Vous savez, je trouvais qu'il y avait longtemps depuis la dernière fois... Vous savez maintenant tout va bien, j'ai plus de tics, je dors bien et j'ai gagné des places... Est-ce que je viendrai encore longtemps ?... Vous savez, on va avoir une peite sœur ! (on voit l'ambivalence vis-à-vis de la thérapie et la fabulation mythomaniaque). – Ah ? – Alors, quand j'aurai une petite sœur, ça sera plus la peine que je vienne... Parce qu'un grand frère ça fait tout pour aider, je pourrai lui donner son biberon, la bercer... et puis c'est F. qui sera jaloux ! Bien sûr, la petite sœur elle lui prendra tout et il faudra pas qu'« i » soit méchant, sans ça il aura affaire à moi. Moi, ma petite sœur, i faudra être gentil avec elle, et pis les filles c'est jamais fort, c'est toujours gentil avec nous... et pis c'est moi qui serai le papa, c'est F. qui sera la maman. Pis je dirai à papa et maman qu'ils peuvent aller au cinéma, c'est moi qui garderai la maison, et faudra qu'on m'obéisse... Ils partiraient quand on serait couchés... Et pis si ma petite sœur elle pleurait, je la prendrais dans mon lit... et elle croirait que c'est papa et elle aurait plus peur. Dites, Madame, moi, un jour, est-ce que j'aurai des enfants ? Ça doit être compliqué pour les faire... Y en a qui disent qu'il faut mettre un grand cierge pour un garçon et une toute petite bougie pour une fille. (On voit le syncrétisme du grand phallus et du petit phallus et de la magie, mécanisme de défense devant la réalité.) Si on ne sait pas ce qu'on veut alors, si on ne met pas de cierge, ça veut venir un singe (??...). Oui, c'est un qui me l'a dit et même qu'on les noie comme des chats... parce

TRAVAIL PSYCHOTHERAPEUTIQUE

qu'ils nous grifferaient et puis, quand y grandiraient, ça ferait pas des comme nous. Ça aurait été drôle si F. il avait été un singe. » Il s'esclaffe... « On l'aurait mis au zoo. Moi, j'aurais mieux aimé une petite sœur. Papa et maman aussi, ils disaient ce sera une petite sœur et pis ils ont rien dit que c'était pas une fille. — Et toi ? — Moi, je me rappelle que je le trouvais laid et puis il criait comme un chat... »

Il se met à modeler un chat, un autre chat et un petit chaton. « Les chats à la campagne, ça fait tellement de bruit qu'on peut pas dormir. Nous, on avait une chatte à la campagne. Elle avait toujours un gros ventre, et pis elle pondait des chats. Ils étaient mignons, mais on pouvait pas tous les garder. Un jour, elle les a mangés... Et puis, elle était terrrible, y avait le gros chat des voisins qui venait, elle voulait pas et pis elle y allait tout de même et ça criait (il imite le cri des chats) et pis elle revenait qu'elle avait encore le gros ventre et d'autres petits. Elle n'arrêtait pas. Si elle avait pas été avec le gros chat, elle n'aurait pas eu de petis. C'est un tel qui me l'a dit, il m'a dit comme ça que nous c'était comme les chats. C'est pas poli, c'est pas propre, n'est-ce pas, Madame ? — Qu'est-ce qui n'est pas propre ? On n'est pas des chats. Ton camarade t'a dit que nous étions des chats ? — Non, mais il m'a dit que les papas faisaient des trucs comme les chats avec les mamans et que c'est ça qui faisait les enfants... — Ah ? — Mais, n'est-ce pas, c'est pas vrai ?... — Qu'est-ce que tu crois ?. » A ce moment il coupe la tête et la queue au gros chat en modelage. La thérapeute dit : « On dirait que tu punis papa chat de faire des choses que les petits garçons trouvent mal. »

A ce moment, il prend le petit chat et le fait monter sur le dos de la maman chat. « Regardez, Madame, il est drôle, il lui monte dessus... ? Et regardez, Madame, comme il est content, il met la queue en l'air... et la maman elle est pas fâchée. Les mamans chats ça laisse jouer ses petits chats avec son ventre, des boutons qu'elle a et qu'y tettent, même quand elle a plus de lait. Y a une vieille chatte qui a plus de lait, moi

TRAVAIL PSYCHOTHERAPEUTIQUE

je m'amusais avec elle à la têter, elle disait rien... et je lui tire la queue, elle dit rien. Mais un jour, mon petit frère, moi je voulais pas, je disais que c'était pas permis... il y a mis son doigt dans son derrière, eh ben ! vous savez, elle l'a griffé. Ça, elle voulait pas. Maman, elle s'est fâchée. Elle a dit qu'on était des dégoûtants, qu'elle le dirait à papa. Mais, moi, j'avais rien fait. C'était mon frère. Mais elle l'a pas dit, elle a oublié de le dire à papa. – Qu'est-ce qu'il aurait dit papa ? – Je ne sais pas, peut-être rien... Un jour qu'on jouait au docteur avec Aline (c'est une amie) son papa et sa maman sont des amis de papa et maman, et pis on se prenait la température, moi je lui prenais. Elle voulait avec mon doigt, mais je l'ai fait avec mon crayon, elle riait, ça la chatouillait... et pis papa est venu voir ce qu'on faisait. J'ai dit : on joue au docteur. Elle a eu peur, Aline, si sa maman savait ça ! mais papa il a rien dit, il a ri et il est parti... peut-être qu'il serait content qu'on soit docteur... Et les docteurs aussi ils font naître les enfants. C'est un copain qui me l'a dit. Qu'ils ouvrent le ventre comme ça – grand geste sur la chatte en modelage à qui il ouvre le ventre – et voilà – (il sort un bout de modelage) – c'est comme ça qu'ils font. Après ça, ils ferment le ventre à la maman. Mais, quelquefois ils ont coupé un bout du bébé avant de le sortir, alors ça fait des filles. Oui, c'est vrai, c'est un tel qui me l'a dit et son papa est docteur. C'est pour ça que moi, je veux pas être une fille... Oui, mais alors, si le docteur il se trompe pas, il y a jamais de fille... ? (tout ceci est un monologue). Tenez, je vais vous faire un dessin, maintenant je sais faire les fusées et les avions, vous allez voir... et puis, j'ai fait un rêve. On était tous les deux, papa et moi, sur une grande montagne. On voyait très loin. Papa m'expliquait tout jusqu'à la mer et on a cueilli des fleurs pour rapporter à maman. »

Ainsi, de séance en séance, l'enfant aborde, à l'aide d'un matériel phantasmatique, ses angoisses, ses craintes, ses désirs et, peu à peu, les apprivoise à l'aide de la responsabilité qu'il rejette sur la thérapeute et

TRAVAIL PSYCHOTHERAPEUTIQUE

il libère tout cet arsenal explosif de pulsions ambivalentes datant de la petite enfance pour enfin assumer sa croissance et ses deuils de l'enfance magique, se mettre sous l'égide de son père avec qui les conflits de rivalité ont fait place à la confiance.

Le traitement de J.P. fut vite terminé. Il avait été jusqu'à près de trois ans un enfant sans conflit, vivant dans un milieu sain. Une fois exprimés ses conflits passés qui, non résolus, étaient entrés en résonance avec le désarroi momentané normal entre six et sept ans (complexe d'Oedipe), il put et en peu de temps accéder à la résolution de ce conflit œdipien dangereux par les imaginations castratives qu'il alimente. Il put ainsi entrer dans cette phase de latence qui, de huit à treize ans, permet, quand elle est vécue sur un fond sans conflit, les acquisitions sociales, scolaires et l'apprentissage de la pensée objective.

Si j'ai pris cet exemple pour en détailler le contenu des séances de traitement c'est qu'il ma paru clair pour le lecteur, même très peu averti de la psychanalyse, de ce que pouvait être une psychotérapie psychanalytique. Il révèle le monde représentatif de l'enfant, les détours qu'il semble prendre alors qu'il suit droit son chemin, exprimant tour à tour des mécanismes de défense, puis la culpabilité qu'il rejette sur un autre, puis les pulsions, puis de nouveau l'angoisse de castration corporelle. Par ce jeu de cache-cache il y a essai de composer avec la réalité – par une castration intellectuelle. Il se défend de comprendre : « Je crois mal de comprendre parce que c'est dangereux », surtout tant qu'on n'est pas sûr que l'adulte du même sexe serait d'accord avec vous sur cette connaissance.

Le processus est toujours le même, quel que soit le

TRAVAIL PSYCHOTHERAPEUTIQUE

thérapeute. Celui-ci parle peu, parfois pas du tout, ou juste ce qu'il faut pour relancer le discours et permettre à l'enfant de passer une « résistance ». On voit bien dans ce cas les aspects divers, parfois contradictoires, que l'enfant montrait en famille et dans la séance. On voit notamment pourquoi il disait qu'il ne voulait pas revenir lorsque les séances allaient, précisément, avoir à faire revivre les questions les plus angoissantes pour lui. On voit comment en fabulant l'histoire de la venue d'une petite sœur, il cherchait un alibi pour pouvoir en parler. Cette naissance du petit frère (alias *ersatz* de petite sœur) et le thème des rapports sexuels des parents.

Il y a des traitements beaucoup plus longs et difficiles, quand il s'agit d'enfants ayant présenté des troubles très précoces : anorexie, asthme infantile, difficultés psychomotrices précoces, entérocolites, otites répétées.

Il y a des traitements qui imposent des rythmes plus fréquents, qui entraînent même le désarroi de l'un des parents trop bouleversé par l'amélioration de son enfant. De tels parents ne supportent pas ce changement de leur enfant et ont besoin eux aussi d'aide pour éviter qu'ils ne fassent une dépression. Il arrive que l'enfant lui-même, dans un moment de résistance à l'analyse — qui est pour l'enfant comme pour l'adulte un travail pénible — s'arrange par ses dires ou son comportement pour que les parents suspendent le traitement sans l'acquiescement du thérapeute. C'est dommage. Mais le thérapeute n'a pas intérêt à garder le patient dans ces conditions. Il y a tellement plus de demandes que de possibilités ! Un traitement n'est pas terminé parce que les symptômes les plus gênants ont disparu. Il l'est quand la relation

TRAVAIL PSYCHOTHERAPEUTIQUE

émotionnelle patient-thérapeute (le transfert) a fait revivre la situation émotionnelle du sujet à son entourage lors des plus anciennes expériences traumatisantes. Une expérience traumatisante est celle qui entraîne des symptômes « de décompensation » psychosensoriels ou caractériels durables, au lieu d'entraîner l'évolution saine d'une personnalité dont la structure s'ouvre de plus en plus aux échanges bénéfiques et fructueux avec l'entourage.

Un traitement interrompu avant son terme, ce n'est pas toujours dramatique, heureusement, mais c'est pour l'avenir, une possibilité de rechute à l'occasion d'une prochaine phase évolutive dont les épreuves réveillent en résonance les angoisses non totalement exprimées des phases précédentes. Plus on traite une névrose de bonne heure, plus on évite des complications tardives. Il n'y a aucune contre-indication et aucun danger à soigner un enfant, il n'y a que des avantages, et un traitement même écourté ou suspendu porte des fruits positifs en profondeur, alors que les résultats apparents sont nuls ou disparaissent comme si le traitement avait été inutile.

L'avantage demeure d'être moins vulnérable dans les épreuves à venir, même si les séquelles des épreuves de la petite enfance n'ont pas pu être toutes effacées.

Table des matières

L'Enfant du miroir 9
Origine du mot « Image » 12
La structure de la phobie et son rapport à la psychose 17
Confrontation de trois théories psychanalytiques de la phobie : J. Lacan, M. Klein et F. Dolto 19
L'être mélancolique 20
Image du corps, schéma corporel et intrication pulsionnelle. Référence au cas de la petite fille « Prends avec ta bouche de main » 22
Le concept d'objet transitionnel selon Dolto 24
La mort subite du nourrisson et la langue en rétroversion 26
L'image respiratoire de base 27
Les pulsions de mort et la fonction du sommeil 28
Qu'est-ce qu'un dessin d'enfant ? Différentes approches 35
Le miroir : introduction ; débat Lacan/Dolto à la Société Psychanalytique de Paris (1949) ; confrontation en trois points des théories de Lacan et de Dolto sur la fonction du miroir : - la nature du miroir - les deux termes opposés de l'expérience spéculaire - la nature de l'affect 42
L'image scopique et l'image du corps 45

L'exemple des enfants aveugles de naissance 47
Le cas de la petite fille aux miroirs 52
Les pièges et les certitudes du miroir 54
Le cas des frères jumeaux et leur identité 56
La fonction du visage 58
La révélation d'un événement originaire 59
Le cas d'un schizophrène 61
Le corps de l'analyste dans la cure ; le rêve et la maladie de Muriel Cahen 72
La greffe de deux images du corps, celles du psychanalyste et de l'analysant 75

Le Travail psychothérapeutique 79
Les prémices, diagnostic, indication du traitement ... 80
Le premier contact avec le psychothérapeute, son importance 82
Les séances de traitement 95

Achevé d'imprimer
le 20 février 1987
sur les presses de
de l'Imprimerie A. Robert
24, rue Moustier - 13001 Marseille
pour le compte
des Editions Rivages
5-7, rue Paul-Louis Courier - 75007 Paris
10, rue Fortia - 13001 Marseille

Dépôt légal : 1er trimestre 1987